～空想特撮小説～

怪人家族の総選挙

絵・白獣MUGEN
作・きみはら なりすけ

『この物語を、特撮を見て育った、全ての少年少女たちに捧げる』

1
撃滅戦隊バクレンジャー

子供たちの大好きな正義の特撮ヒーロー。今日もテレビで番組が始まりました。タイトルは『撃滅戦隊バクレンジャー』。バクレッド（男）、バクブルー（男）、バクイエロー（女）の3人と、怪人カエル人間が戦っています。どうやら今日が最終回のようです。


「バクレンジャー！　パンチ！　＆　キック！（ビシッ！　バシッ！）」

「バクレンジャー！　レーザーブレード！（キン！　キン！　ズバッ！）」

「バクレンジャー！　ビーム！（ピューン！　パン！　パン！）」

正義のヒーロー、バクレンジャーの3人が、それぞれの武器で、怪人カエル人間を攻撃しています。3人対1人（1匹？）なので、カエル人間の方が劣勢です。そこでカエル人間は、最後の必殺技を出そうとしたのです！

「ケーロケロケロ！　バクレンジャーよ！　こうなったら俺様の最後の技を見せてやる！　これで地球は俺様のものだ！　見よ！　究極！　大ガマ変化〜！」

怪人カエル人間がそう叫ぶと、煙がみるみる広がり、巨大な大ガマに乗ったカエル人間が現れました。

「こいつは！」

「でけえ！」

「いや〜ん！　何コレ！　ますます気持ち悪〜い！」

驚くバクレンジャーたちに、カエル人間は勝ち誇って言いました。

「ゲーロゲロゲロ！　どうだバクレンジャーよ！　この大ガマには敵うまい！　死ね

ー！　究極！　大ガマ乱舞～！」

カエル人間がそう叫ぶと、大ガマが乱舞しながらバクレンジャーに突進し始めました。このままでは踏み潰されてしまいます！

「ヤバイぜ！　レッド！　この大きさじゃ歯が立たねえ！」

「ねえリ～ダ～！　どうするの～！　気持ち悪い～！」

「こうなったら、あの技を使う！」

「まさか！　やるのかあれを！」

「ついにあの技を使うのね！」

「ああ！　みんなの力！　俺に預けてくれ！　行くぞ！　アルティメット撃滅奥義！」

バクレンジャーがそう叫ぶと、まばゆい光と共に、巨大な大砲が現れました。

「ゆくぞ！　必殺！　バクレンジャー！　大爆殺イリュージョン！」

バクレンジャーがかっこいいポーズを決めてそう叫ぶと、大砲からまばゆいビー

ムが発射され、カエル人間に命中しました。

「ゲロゲロゲロギャー！」

次の瞬間、カエル人間と大ガマは大爆発し、跡形もなく消え去りました。

「やったぜレッド！　大爆発！　撃滅大勝利だ！」

「ああ！　ついに俺たちは地球を守ったんだ！」

「は〜！　スッキリした！　ホント気持ち悪いの無理！　ねえみんな！　気分転換にスイーツ食べに行かない？」

「はは！　イエローらしいな！　どうするレッド？」

「ああ。口直しが必要だな。戦士の休息！　パーッと行くか！」

「やった〜！　あのね、今度新しく出来たお店なんだけど…」

3人は、楽しく語らいながら去って行きました。

そして夕日に向かって、3人が乗ったバイクが並んで走って行きました。

「こうして地球の平和は守られた！　ありがとうバクレンジャー！　さようなら撃滅戦隊バクレンジャー！」

渋い、良い声をしたナレーションがそう言って、バクレンジャーの最終回は終わりました。

めでたし。めでたし。

ではありません。この物語はここから始まるのです。

2 ヒーロー制作会社

東京都練馬区大泉学園。ここは、正義の特撮ヒーローや、アニメを作る会社のある街です。撃滅戦隊バクレンジャーも、この街にある『宝映』という会社で作られました。もう50年以上も、正義の特撮ヒーローを作り続けています。作品を作るにあたり、一番偉いのが、監督と、プロデューサーという人です。もちろん、会社で一番偉いのは社長ですが、社長は他にも仕事があって忙しいので、お話の内容を決めるのはこの2人に任せているのです。なので、作品作りで一番偉いのが、この監督とプロデューサーなのです。今日、この2人は、バクレンジャーの最終回の放送を会社で見ていました。バクレンジャーが、テレビを見ている良い子にお別れの言葉を言っています。

＊＊＊　テレビ画面

「良い子のみんな！　今まで応援ありがとう！　バクレンジャーは今日でおしまいだよ！」

「だが！　心配は無用だぜ！　何と俺たちパワーアップして、帰ってきちゃうかも？」

「あ～ん！　ダメダメ！　まだ内緒よ！　でもテレビの前のみんな！　私たち！　きっとまた会えると思うわ！」

「うん！　そうだな！　みんな！　期待して待っててくれよな！　それじゃ！」

「さようなら～！」

＊＊＊

こうしてバクレンジャーは本当に終わりました。最終回を見終えたプロデューサーと監督は、満足げに話し始めました。

「いやー、監督！ 今作も大成功でしたね！ 怪人たちが次々に爆発する姿に、子供たちも大喜びですよ！ 正義は勝つ！ ヒーローグッズも爆売れです。監督の方にも少しですがボーナスが出る事になりましたので」

プロデューサーが大喜びで話すと、監督はこう言いました。

「ハッハッハ！ そうかそうか！ いつもすまないねえ。しかし、君。私は金が欲しくてやってる訳じゃないんだよ？ 子供たちに正義の心を伝えたいんだ。悪い怪人たちをなぎ倒し、大爆発させる！ それによって、子供たちに正義の心が刻まれるんだよ！ 勧善懲悪！ 正義は勝つ！ これからも、この正義の心を伝えていきたいねえ」

監督の言葉に、プロデューサーは調子良く話を合わせて言いました。

「いやー！ ごもっとも！ お金じゃありません！ 正義の心です！ 我々は教育番組

を作っているんです！　次回作もがんばりましょう！　監督！　よろしくお願いします！」

「ハッハッハ！　こちらこそよろしく頼むよ！　次回作も新必殺技でバンバン怪人たちをやっつけてやるからな。ハッハッハ！　あ、ところで君、さっきちょっとボーナスが出るとか言っていたかな？　いくらぐらいなのかな？」

「ああ！　そちらの件ですが、大体このぐらいで。他のスタッフには出ない特別ボーナスですので」

　プロデューサーからボーナスの額を聞いた監督は、目を見開いて大喜びしました。

正義のため、教育のためと言いながら、やっぱり２人はお金が大好きなようです。

3 宝映神社での出来事

それから数日後、宝映の屋上に設置された神社で、新作戦隊ヒーローの成功祈願式が行われていました。新作の撮影開始の前日には、必ずこの神事が執り行われます。撮影で事故が起こらないよう、神主さんに頼んでお祓いをしてもらい、そして作品がヒットするよう、みんなでお祈りするのです。今回も、監督やプロデューサー、撮影スタッフなどが集まり、神事が始まりました。神主さんが祝詞（神主さんが使う不思議な呪文のような言葉）を唱えています。

「かしこみ〜、かしこみ〜。此度〜、撮入を迎えまする〜、新作戦隊ヒーロー番組の撮影が〜、怪我の無く〜、無事に執り行われますよう〜、そして〜、作品が大ヒットいたしますよう〜、この地の大神様に〜、かしこんで〜、祈願致しまする〜、かしこみ〜、かしこみ〜」

皆、神妙な面持ちで、神主さんの祝詞を聞いています。でも、監督の様子が少しおかしい？　ちょっとふらふらしています。もしかして二日酔いでしょうか？　それでも神主さんは式を続けます。

「それでは、監督様、貢物の奉納をお願いいたします。参列者の皆様は、監督様に合わせて、頭をお下げください」

その言葉を聞いて、監督は、神主さんから貢物を受け取りました。監督は、もう何回もこの儀式をやっていて、慣れっこになっているので、ちょっと適当な感じがします。

（うう〜。二日酔いだ。気持ち悪い。えーと。何だっけ？　この貢物を、祭壇に供えて、パンパンと手を叩けばいいんだろ？　よーし！　まかせろ！）

そう余裕を見せながら、祭壇に向かう監督。しかし二日酔いのせいか、ちょっと足元がふらふらしています。参列者は、監督の異変に気づきましたが、何もできず、下げた頭をやや持ち上げ、上目遣いで監督を見守ります。大丈夫でしょうか？

（えーと、この祭壇に、この貢物をっと…。う、うぇ！）

監督が貢物を祭壇に奉納しようとしたその瞬間！ 監督は急に気分が悪くなり、手で口を押さえようとしました。するとその拍子に、手元が狂い、貢物を祭壇に落としてしまったのです！ すると、ろうそくは倒れ、祭壇はメチャクチャになり、大惨事の様相。一同もギョッとして固まってしまいました。

「あららら！ ちょっと！ ちょっと！ どうしよ！ どうしよ！ 困ったな。あららら。どうする？ どうする？ どうする？」

困った監督が、どうしようかと神主さんの方を振り向いて訪ねようとした次の瞬間！ 神社から突然、光の柱が立ち上ったのです！ 世界は暗転し、雷も鳴り響き、天変地異の兆候が現れました。

「な！　なんだ一体！　何が起きているんだ！」

驚きの声を上げる一同。監督は腰を抜かして尻もちをつき、後ずさっています。

「あ、あ…」

神社から立ち上った光の柱は、ますます眩さを増し、ついに一同は目を開けていられなくなり、目を閉じました。そして光がやや収まり、皆がゆっくりと目を開けると、そこには何と、背に後光を背負った女神が光臨していたのです！

「あ、あ、ああ…」

一同は言葉を失いました。神様に詳しい神主さんも、本物の女神様は見た事がなかったので、言葉を失っています。そこへ女神が語り始めました。

「人間たちよ。私はこの宝映神社を司る女神です。お前たちの作品が世に出るのも、全て八百万の神の加護があってこそなのです。それなのに、神聖なる神事をこのように汚すとは、一体何たる無礼か！」

目の前で起きている事に半信半疑の一同。しかし、女神の発する本物の神の威厳のせいか、皆、自然と地に手を付き、頭を垂れるような格好になってしまいました。

そして監督が答えました。

「は、はい。この度は粗相を致しまして、大変申し訳なく…」

頭を下げて謝ろうとする監督に対し、女神が語気を強めて言いました。

「人間よ！　私が今回、姿を現したのは、そのような小さな粗相のせいではない。お前たちは、この番組の為に、一体どれだけの怪人たちを殺めたのか⁉」

女神の予想外の言葉にポカンとした監督でしたが、何とか説明しようとしました。

「は？　いやそれは、創作物ですから。作品の中の話でございまして…」

それに対して、女神がさらに語気を強めて言いました。

「この愚か者！　この神が作りし世界。いかな創作物と言えど、魂が宿っているのです。そして、お前たちが殺めた怪人たちの怨念が、もはや私の力では抑えきれぬほど増大しているのです！」

「は、はあ…」

話がよく飲み込めない一同。それに対し女神は、人間に沙汰を下すように言いました。

「人間たちよ。お前たちは考えを改めなければなりません。それをわからせる為に、私はこれから、殺された怪人たちに命を与え、世に放ちます」

「は？」

ますます話が飲み込めない一同を前に、女神は儀式を始め、こう叫びました！

「蘇るが良い！　人間たちに恨みを持つ！　怪人たちの魂よ！」

するとその言葉に呼応するように、神社の社殿がまばゆい光を放ち始めました。そして次の瞬間、その光の中から、今まで特撮ヒーローに倒された数多の怪人たちが、現実の世界に蘇って現れたのです！

「うおー！ 人間たち！ 俺たちを好き勝手に殺しやがって！ もう許さん！」

一同はあっけに取られて言葉を失ってしまいました。これは現実なのか？ 夢なのか？ しかし、怪人たちの中にカエル人間の姿を見つけた監督が、驚いて声を発しました。

「あれ！ カエル人間ちゃんじゃない！ え？ 何やってるの？ 着ぐるみだよね？」

そうです。つい先日、バクレンジャーの最終回で放送したばかりの怪人カエル人間の姿を見た監督は、当然、着ぐるみを着た、中に人が入っている、作り物のカエル人間だと思い、そう声をかけたのです。しかし、その言葉を聞いた女神は、監督に蔑むような視線を向けてこう言いました。

「はあ。現実の世界に命を与えたと言ったでしょう？ カエル人間よ、見せてやりなさい」

「ケーロケロケロ！」

カエル人間はそう言うと、口から本物の毒液を吐き出しました。すると、みるみるコンクリートの地面が溶け始めたのです！

「うわー！　きゃー！　ほ、本物?!た、助けて！」

怪人たちが作り物でなく、本物だと知り、怯える一同。それを見て怪人たちは歓喜しました。

「ヒャッーッハッハッハ！　ついに蘇ったぞ！　人間たちめ！　俺たち怪人を好き勝手に殺しやがって！　この恨み、晴らさでおくべきか！　皆殺しにして、世界征服してやるー！　キャーッハッハッハ！」

奇声を発して歓喜する怪人たち。その魔の手が人間たちに伸びる。もはや命はないと、絶望して目を閉じる人間たち。しかし、女神がピシャリと言いました。

「この愚か者！」

「え？」

これから人間たちへの復讐を、と思っていた怪人たちは出鼻をくじかれ、キョトンとしてしまいました。人間たちも同様にキョトンとしています。そこへ女神が言葉を続けます。

「怪人たちよ。お前たちもお前たちだ。何回同じことをやっているのだ？　人間に危害を加えて、世界征服しようとして。それでは争いが生まれるばかりではないか？」

話が飲み込めない怪人たちは、女神に訪ねました。

「はあ。そう言われればそうですが。じゃあどうしたら？」

「怪人たちよ。世界征服などやめ、人間たちとの共存を考えてみるのです。お前たちが危害を加えないと分かれば、人間たちも受け入れてくれるかもしれません」

「え？」

「え？」

女神の急な提案に、怪人たちも人間たちもキョトンとし、互いに顔を見合わせてしまいました。その光景に、女神が堪らず笑い出してこう言いました。

「アハハハハ！　まあとにかく、お互い頑張りなさい！　人間と怪人の共存！　平和な世界の実現！　楽しみにしてるわよ！　ウフフフ」

女神はそう言うと、光とともに姿を消しました。残された怪人たちと人間たちの間に気まずい空気が流れています。そんな空気を破るように、怪人の一人が話し始め、怪人たちは相談を始めました。

「殺すのもダメ？　世界征服もダメ？　じゃあ一体どうするよ？」

「女神様は人間と共存しろって言うけど、そんな事できるのか？」

「まあとにかく、一回皆で集まって考えよう」

「そうだな、行こうぜ」

怪人たちの話はまとまり、ゾロゾロと去って行きました。残された人間たちは、しばらく呆然としていました。

4 カエル人間家族

都内某所。ここはカエル人間の自宅です。あの後、怪人たちは、それぞれのやり方で、人間との共存の方法を探って行こうという事で話がまとまりました。カエル人間は何とか空き家を探し出し、ここに住み着きました。今、家でくつろぎながら、考えを巡らせています。

（吾輩は、怪人カエル人間である。カエルであり、人間である。と同時に。純粋なカエルではなく、純粋な人間でもないのである。非常に宙ぶらりんな存在なのである。こんな私が、女神様から『人間との共存』を仰せつかったのだが、これが非常に難しく、難儀しているのである）

カエル人間はため息をつき、また考え始めました。
（まず第一に、私には人間の言葉が発せられないのである。私が喋ろうとすると）

「ケーロケロケロ！」

（このように、カエルの鳴き声のようになってしまうのだ。特撮ヒーローの番組内では、アフレコなる技術で声優が声を当てていたらしいのだが、現実の世界に来てしまった私には、そういう技法が通用しないのである。よって、街に出て人間と仲良くなろうとしても）

＊＊＊ 回想・街

街で人間に声を掛けるカエル人間。

「ケーロケロケロ？ ケロケロケ？」

「キャー！ 何ですかあなた？ イヤー！」

逃げ出す人間。うなだれるカエル人間。

＊＊＊ 回想終わり

（このように、全く人間と意思疎通できないのである。当然、この容姿のせいで、見ただけで逃げられてしまう事もある。しかし、うーむ、困ったものである）

狼狽した様子のカエル人間。ふと部屋の入り口に目をやると、そこへ何と、もう一人のカエル人間がお茶を運んで入って来ました。風貌から察するに、どうやらメス、いやいや、女性のようです。

（そうそう、紹介しよう。私の妻の、女カエル人間である。『女カエル人間』という呼び方では気の毒なので、ケロ子と呼んでいる。彼女は私の事をケロ吉さんと呼ぶ。

なぜそうなったのかはわからないが。そういう設定で女神様に命を与えられたらしい。ともかく、家族が居るという事は心強い。如何に、怪人仲間が居るとは言え、皆が一緒に暮らしている訳ではない訳であるから、人間の世界にポツンと放り出されるよりは、遥かに心強いのである)

ケロ子に愛情の眼差しを向けるカエル人間。恥ずかしそうにするケロ子。二人は愛し合っているようです。

(そうそう、家族といえば、我が家にはもう一人家族が居るのだが…。そろそろ帰ってくるのではないかな？)

ふと掛け時計を見るカエル人間。そして窓の外へ目をやると、元気な子供の声が聞こえて来ました！

「ただいま！　お父さん！　お母さん！　今日も人間の子供と遊んできたよ！」

勢いよく飛び込んで来たのは何と！　人間の子供です！　10才ぐらいでしょうか？

男の子のようです。その子供に、カエル人間夫婦が優しく話しかけます。

「ケーロケロケロ？　ケロ？」

「うん！　鬼ごっこして遊んだんだ！　僕は捕まらないよ！」

「ケーロケロケ？　ケロケロケケ？」

「大丈夫だよ！　いじめられてなんかいないよ！　楽しかったよ！」

「ケーロケロケロ！　ケケケケケケ！」

「あはははは！」

楽しそうに会話をしているカエル人間夫婦と人間の子供。しかし何とも不思議な様子です。

（そう、もう一人の家族というのがこの子である。ケロ太と呼んでいる。人間と殆ど変わらぬ容姿をしているが、正真正銘の、私たち夫婦の子供なのである。カエル人間の、人間の成分が上手く混じり合って出たのだろう。本当に殆ど人間と変わらぬ容姿である。一点、変わった点と言えば…）

ケロ太のお尻に目を向けるカエル人間。そこには、オタマジャクシのような尻尾が生えていました。

（そう、この尻尾である。『オータマジャクシはカエルの子♪』という歌があるが、カエルの成分がここに出たのであろう。私たち夫婦からすれば、まさしく家族の証なのであるが、人間の子供と遊ぶとなると、いじめの対象になるのではないかと、それだけが心配なのである）

ケロ太に目を向けるカエル人間。笑顔を返すケロ太。

（さて、お気づきかもしれないが、このケロ太、人間とほぼ同じ容姿をしているが、加えて、人間の言葉もしゃべるのだ。そして同時に、私たちカエル人間夫婦の言葉も理解する。いわば、私たち怪人と、人間たちとの間の、唯一の意思伝達手段となっているのだ。これは、『人間との共存』への大きなカギとなるので、大事にして行

きたいのだが、やはり、人間界との壁は大きいのである）

カエル人間は、ケロ太の相手をしながらも、窓の外へ目をやり、また考えを巡らせ始めました。

※読者の諸君へ。ここまでの話がわかったかな？ 怪人たちは、「人間の言葉は理解出来るが、怪人の言葉しか喋れない」。一方、ケロ太だけが、「怪人と人間、両方の言葉を理解して、人間の言葉で話す事が出来る」という事なんだ。僕もなるべくわかりやすく書くから、君たちもそういうつもりで読んでくれたまえ。作者より。

5 ケロ太、学校へ

ある日、ケロ太が遊びから帰ってくると、カエル人間夫婦にこう言いました。

「お父さん！ お母さん！ 僕も学校に行きたい！ 放課後は皆と遊んでるけど、僕もちゃんと学校に行って勉強したいんだ！ いつになったら行けるの？」

純粋なケロ太の眼差しに、カエル人間夫婦は困りながらも、ひそひそ会話を始めました。

（あなた、どうしましょう。私もこの子を学校に行かせたいわ）

（うん。私も同感だ。しかし…）

（親が私たちでは、やっぱり無理かしら…）

（うーん。とにかく、一度、学校に行って、先生にお願いしてみるしかないな。これも共存への第一歩だ。やってみよう！）

（そうね、うふふ）


夫婦の会話が終わりました。結果をケロ太に伝えます。

「よーし！　ケロ太！　明日、家族３人で学校に行ってお願いしてみよう！」

「やったー！　僕！　勉強がんばるよ！」

「アハハハハ」

大喜びのケロ太。その姿を見るカエル人間夫婦も嬉しそうです。果たしてどうなるでしょうか？

翌日、カエル人間夫婦は、ケロ太を連れて近所の小学校「光が丘小学校」に来ました。

(ここまで来ちゃったけど、本当に大丈夫かなあ)

カエル人間はそんな不安を持ちながらも、意を決してインターホンを押しました。

しばらくすると、若い女の先生が出てきたのですが、カエル人間家族の姿を見た途端…

「な、な、何ですか？　あなたたちは！　あ、あ、あ…」

と驚いて絶句してしまったのです。ああ、やっぱり驚かせてしまったと思いつつも、カエル人間が懸命に説明しようとします。

「ケーロケロケロ。ケロロケロ」

しかし、カエル人間の言葉は、普通の人間には通じないので、ケロ太が一生懸命、通訳します。

光が丘

「先生！　はじめまして！　えーと、この子、ケロ太は、つまり僕は、私たちの子供で、つまり、僕はこの人たちの子供で」

身振り、手振りを交えて通訳するケロ太。しかし何とも不思議な光景です。

「ケーロケロケロケロケケ？」

「つまり、この子を学校に入れたい、という言は、つまり、僕はこの学校に入りたいって事なんですが！　入れますか？」

説明を終えたケロ太。それを困惑し、絶句しながら見ていた先生でしたが、なんとか声を絞り出して言いました。

「だ、だ、ダメですよ！　そんな！　怪人の子供とか、ぜ、ぜ、前例がありませんから！　す、すみませんが、騒ぎになると困りますので！　か、帰ってください！　お願いします！」

先生はすっかり怯えきってしまった様子で、泣きそうな顔と声で懇願しました。それに対してケロ太たちは、もっと説明して理解してもらおうと思って近づいたのですが、それが全くの逆効果で、ついに先生は泣き出してしまいました。

「いやーん！ お願いします！ 帰ってください！ うえーん！」

先生は、ついに座り込んでしまいました。

「うえーん！ ぐすっ…」

そんな先生を見下ろし、悲しそうに顔を伏せる3人。ケロ太たちは諦めて、悲しそうに帰って行きました。

6 怪人がテレビで話題

学校での事件の後、カエル人間は、怪人だとバレないような衣服を身に着け、どこかへ向かって街中を歩いていました。そしてとある店舗の前を通りかかった時、テレビからワイドショーが流れて来ました。ワイドショーの話題は何と『怪人』です。カエル人間は足を止めて番組を見始めました。関西弁のお笑い芸人のような人が司会で、真面目そうな男のコメンテーターと、面白そうな女のコメンテーターが喋っています。

＊＊＊ テレビ画面

「さて、次の話題ですが、こちら！　『怪人の目撃情報、更に増加！　日本全国に潜伏か⁉』という事ですが。いやー、これホンマなんですかねえ？　特撮の怪人でしょ？　その目撃情報が、今、日本全国からSNSで報告されているんですが？　どうなんでしょう？」

怪人の目撃写真が映され、男のコメンテーターが解説する。

「いや、私も最初は本当に半信半疑だったんですよ。何かの撮影でしょ？　と。ドッキリでしょ？　と。所が、目撃者に話を聞くとですね、どうも本物らしいんです。特に驚いたのがですね、怪人の特殊能力を目撃した、という人も居るんですよ。何でも、カエル人間が、口から毒液を吐いて、コンクリートを溶かしちゃったって言うんですよ！」

その話を聞いて司会者が驚きの声を上げる。

「えー！　ホンマでっか？」

それに女のコメンテーターが続く。

「キャー！　怖い！　カエルなだけでも気持ち悪いのに！　その上、毒を吐いてコンクリートを溶かすんですか？　これもう警察に通報しないとマズいんじゃないかしら？」

テレビに、カエル人間の毒液でコンクリートが溶けるイメージ映像が映し出される。話は続く。

「いやホンマ、洒落にならんですね？　どうなんですか？」

司会者の問いに、男のコメンテーターが答える。

「いやそれがですね、警察も国も、現在情報収集中という事でですね、態度を明らかにしてないんですね。まあ混乱を避けたいという思惑もあると思うんですが」

「なるほどねえ。いやしかし、これだけ目撃情報が増えますとですねえ、知らぬ存ぜぬでは済まなくなると思うんですが…」

そこへ、女コメンテーターがヒステリックに口を挟む。

「本当ですよ！　さっきの毒の話といい、もし人間に、子供たちに危害が加えられたらどうするんですか？　何かあってからじゃ遅いんですよ？　本当に！　何とかできないのかしら？」

「いやホンマ、おっしゃる通りなんですよ。ただ、今、現時点では、人間に対しての危害の報告は無い、という事でですね。国も存在を公には認めていないという事なんですが。まあいずれにしろですね、本当に何かあってからでは遅いですからね、もし目撃しても、ヘタに近づかない方が良い、という事ですね？」

「おっしゃる通りです」

重要な情報については終わり、後は司会と女コメンテーターの漫才に変わる。

「ホンマ、○○さん、怪人見つけても、石なんか投げたらあきまへんで！」

「え？　ちょっと何ですか！　○○さん！　私そんな事しませんよ！　私こう見えてもか弱いんですから、おほほ」

「いやあんた、さっき警察に付き出せ言うとったがな！」

「いやいや、それとこれとはまた別ですよ。私ホントにか弱いんですから。やめてくださいよ。おほほ」

やりとりを聞いて苦笑する男のコメンテーター。最後に司会が締める。

「ははは。まあとにかく！　テレビをご覧の皆様も、もし怪人を見つけても、ヘタに近づかない！　という事でお願いします！　それでは一旦ＣＭです！」

＊＊＊

怪人についての情報は終わり、番組を見ていた女性の2人組が話し始めました。

「いやー！　カエル人間ですって！　気持ち悪いわねー！」

「ホントに！　子供に何かされたら大変よ！　気をつけましょう！　ね！」

「ホント！　気をつけましょ！　ね！」

そんな2人を避け、カエル人間は足早にどこかへ向かっていきました。

7 怪人会議

カエル人間が、とある集会場に入ると、そこでは沢山の怪人たちが集まり話をしていました。

「お、カエル人間が来たぞ。こっちこっち」

「これで最後だな。よし、怪人会議を始めんべ」

「ギャワワワワ、キシャー」

こうして、怪人会議が始まりました。怪人たちはそれぞれ近況報告を始めました。

「いやー。女神様から、人間たちとの共存を仰せつかった訳だけど、一筋縄では行かないな。まず、見た目で怖がられてしまうからな、どうにもならない。お前たちはどうだ？」

「いやー、まったくその通り。まず見た目で逃げちまうだろ？　運良く見た目を乗り越えて話を聞いてくれそうな人が居てもだな、今度は言葉が通じないんだよ」

「あー、全くだ。番組の中では、アフレコっていう技術で意思疎通してたみたいだけど、現実世界ではそういうのが無いからな、身振りとか手振りの他に、何か別の意思伝達方法を考えなきゃならねえな」

「うーん、みんな上手く行ってないな。カエル人間、お前はどうだ？」

怪人たちが口々に失敗談を話す中、カエル人間に話が回って来ました。

「うーん、私の所も似たようなものだが、ウチには子供が居てね、その子は人間に近い形をしていて、人間の言葉も喋るんだよ」

「おおー！　そうなのか？　それで？」

怪人たちは興味津々です。カエル人間が続けます。

「うん、それでだね、その子が人間の学校に行きたいというからね、妻と一緒に学校にお願いに行ってみたんだよ」

「おーおーー！　それが上手く行けば、共存への第一歩だな？　それでどうなった？」

「所が、カクカクシカジカで…」

カエル人間は、学校での出来事をみんなに話しました。

「という訳で、断られるわ、目の前で先生に泣かれるわで、どうしようもなかったんだよ」

怪人たちの期待が、一気に落胆に変わりました。

「ああー。やっぱりそうなっちゃうか。一体どうしたらいいんだべ」

怪人たちは、みな肩を落とし、沈黙が流れました。しかしそこへ、一人の怪人（カ二人間）が喋り始めました。

「あのよー。みんな上手く行ってないみたいで、言い出しづらかったんだけど、実はオレん所は結構上手く行ってるんだぜ？」

「ええ?!」

怪人たちは驚いて訪ねました。

「どういう事だ？ 詳しく聞かせてくれ」

「うん、実はこういう事があってな」

カニ人間は、事の経緯を話し始めました。

「人間との衝突に嫌気がさした俺は、人の居ない方へ逃げて行ったんだ。やがて俺は、福島県という所にたどり着いた。そうしたら、俺の、いや俺たちの大好きな、放射性物質が入った缶を見つけてさ。それで俺は缶を開けて夢中で食べてたんだ」

「おおー！　それでそれで？」

「うん、そうしたら、原発事故作業員っていうのかな？　防護服を着た人間に見つかってよ。俺は怒られるかなと思って、身振り手振りで必死に説明したんだよ。放射性物質を食べてただけで、危害を加えるつもりはないんだって。そしたら何故か、急に優しくなってよ」

「うんうん、そしてどうなった」

「うん、そしたら今度は、別な場所にもっと放射性物質があるから、好きなだけ食べていいっていうんだ」

「おおー！　本当か？　それでどうなった？」

「うん、そしたらな、好きなだけ食べていいから、その代わり、体を調べさせてくれっていうんだよ」

「おーん？　それで？」

「それで調べさせたらこう言うんだ」

＊＊＊ 回想・研究室

怪人の体を調べる防護服の男たち。白衣に身を包んだ研究者がコンピューターの画面に表示された数値を見て確信し、所長に報告する。

「所長！ 思ったとおりです！ この怪人には、放射能を無害化する能力があります！ もしこの力を応用できれば…」

説明を聞いた所長が結論を確信する。

「福島の原発事故問題は、一気に解決する！」

「やった！ やったぞ！」

喜び合う所長と研究者たち。所長が怪人の元へ駆け寄って話し始める。

「君！ よかったら、これからもウチに来てくれないか？ 放射性物質は好きなだけ食べていい。それから、君たち怪人のニュースは聞いているが、他の怪人たちも放射性物質を食べるのかい？」

その問いに、うなずくカニ人間。

「おー！ そうか！ それじゃあ君の友達も沢山連れてきてくれ！ 好きなだけ放射性物質を食べていい！ ああ、それから、人間の世界で暮らすにはお金が居るだろう？ お金もあげるから、ぜひ連れてきてくれ！ 頼んだよ！ ははは！」

喜び合う所長、研究者たち、そしてカニ人間。

＊＊＊

「という訳なんだよ」

「おおーー！ それはすごいな！ 好きなだけ放射性物質が食べられて！」

「感謝されて、お金も貰える！」

カニ人間が、自慢気に札束を取り出して皆に見せる。

「おほー！」

大喜びの怪人たち。

「人間との共存の可能性が見えてきたな」

「そうだ！　これを糸口に人間と仲良くなれば」

「カエル人間の子供だって学校に行けるかもしれないぞ」

カエル人間の顔に、希望と自信がみなぎる。

「うん。通訳にはウチの子供、ケロ太を連れて行こう」

皆がカニ人間を褒める。

「でかしたぞカニ人間！　人間との共存の第一歩だ！」

「えへへ」

照れるカニ人間。

「よーし！　そうと決まれば！　福島へ！」

「レッツゴー！」

こうして怪人たちは、福島県の原発事故研究所へ向かいました。一体どうなることでしょうか？

※読者の諸君へ。怪人たちが放射性物質を食べてしまうという話は、少々突飛に感じたかな？　でもこれは、適当に考えついた話ではないんだ。『特撮』というと、『ゴジラ』が有名です。ゴジラは放射能を吐く怪獣なんだ。そこで、同じ特撮繋がりという事で、怪人は逆に放射能を食べちゃう設定にしてみようと思ったんだ。これは、『オマージュ』と言って、尊敬を込めて真似したりする事なんだ。さあ、この設定がどう活きるかな？　続きをお楽しみに。作者より。

8 楽しいバスの旅

※読者の諸君へ。この章は、ケロ太たちが、怪人バス（ネコバスのような怪人の乗り物）に乗って、福島の原発事故研究所に行くシーンなんだけど。文字で説明するより、爽やかなアイドルの歌をバックに、ケロ太たちの旅の道中の映像を流す感じにしたいんだ。ミュージックビデオみたいにね。そんな訳で、映像のシーンを書いておいたから、頭の中で合いそうな音楽を流しながら読んでいって、ケロ太たちの楽しそうな姿を想像してね。作者より。

- 怪人バス（ネコバス的な怪人の乗り物）で福島へ移動。
- 風景を楽しみながら遠足気分。ケロ太も喜んでいる。
- 福島原発が近づいてくる。放射性廃棄物や処理水を入れたタンク等も見えてくる。
- 到着した怪人たちを出迎える所長たち。
- 放射性物質を美味しそうに食べる怪人たち。
- ケロ太には人間用のご馳走＆お菓子が出され喜ぶ。
- 検査される怪人たち。そして検査結果に喜ぶ所長たち。
- 札束が渡され、喜ぶ怪人たち。
- 福島の海ではしゃぐ怪人たち。ケロ太も大喜び。

10.000
10.000

9 原子力災害研究所

※読者の諸君へ。ここは、福島県の浜通り地方にある、原子力災害研究所です。皆さん、学校で習ったかどうか分かりませんが、日本は、2011年3月11日に起こった、「東日本大震災」という大地震で、大きな被害を受けました。およそ12万軒の家が全壊し、およそ28万軒の家が半壊しました。また、地震だけでなく、大きな津波もやって来て、多くの人が海に流され亡くなりました。およそ1万5000人の方が亡くなり、およそ2500人の方が行方不明になりました。それに加えて、更に大変な事態が起こりました。それが原発事故です。福島原子力発電所が爆発し、大量の放射性物質が空気中に放出され、やがて大地に降り注ぎまし

た。皆さん学校で習ったかわかりませんが、原子力、放射能というものは、上手に使えば大変便利なエネルギーになるのですが、使い方を誤ると、人体に悪影響を与えてしまうのです。このような理由から、福島県の一部は、人が住む事が困難になり、故郷を無くしてしまった人も居るのです。そして、その原因となっている、放射性廃棄物の問題は、まだ解決していないのです。もしかしたら、これから10万年以上、管理する必要があるかもしれないのです。作者は福島県出身です。この事故を忘れてほしくないなあ、いつかこの問題が解決してほしいなあ、そんな思いも込めて、この作品に、この問題をちょっとだけ入れました。わかってもらえると嬉しいな。それでは続けましょう。作者より。

ケロ太たちがちょっとしたバカンスを楽しんだ後、研究所で話し合いが持たれました。研究の結果に大喜びの所長が、怪人たちに話しかけました。

「いやあ、君たちの協力には本当に感謝している。研究の結果、君たち、怪人の体には、放射能を無害化する能力が備わっている事が分かった。知っての通り、日本は原発事故に見舞われ、放射性廃棄物の問題に直面している。しかし、君たちの能力を使えば、この問題が一気に解決するかもしれないんだ。どうか、日本、そして人類の為に、更なる研究に力を貸してくれないだろうか？　この通りだ」

頭を下げる所長、研究員たち。怪人たちは研究協力に同意する意思を見せ、カエル人間が代表のような形で、ケロ太と共に前に出ました。

「ケロ太、お前の晴れの舞台だ。しっかり訳せよ」

「うん！」

カエル人間はそう言うと、怪人の言葉で話し始めました。そしてその言葉を、ケロ太が人間の言葉に訳して話し始めました。

「ケーロケロケロケロ」

「人間の皆さん、皆さん方が直面している問題、私たちも理解致しました。私たちも、この大地を綺麗にしたい、そして皆さん方と一緒に共存して行きたいのです。もしその為に、我々の能力が役に立つのなら、我々は協力を惜しみません。我々怪人は、この研究に全面協力致します！」

「おおー！」

喜ぶ所長たち。所長は怪人たちに歩み寄り、カエル人間と握手、そしてケロ太とも握手して言いました。

「ありがとう皆さん！　そしてケロ太くん！　これからもよろしく頼む！　我々に出来ることがあれば、何でも言ってくれ！」

喜ぶ怪人たち。そしてカエル人間が条件を切り出しました。ケロ太がそれを訳します。

「ケーロケロケロ」

「所長さん、協力はおまかせください、しかしその代わりと言ってはなんですが、実はお願いがあるのです。我々怪人は、人間たちとの共存を望んでいるのですが、見た目や、言葉の問題で、上手く溶け込めないのです。溶け込めない所か、最近は悪い噂もされはじめ、どんどん居場所が無くなってきているのです。我々はそういった誤解を解き、人間と共存したいのです。所長ほどのお方なら、この国の要人ともパイプがあるかと思います。どうか我々怪人が、人間と共存できるよう、取り計らって頂けないでしょうか？」

真剣な表情でカエル人間の言葉を訳すケロ太。しかし、その話を聞いた所長たちは、互いに顔を見合わせ、顔を曇らせました。

「君たちの気持ちは、よく分かった。しかし、現時点では、この研究は機密事項なんだ。だから当然、君たちの放射能除去能力については秘密にしてもらいたいし、我々の研究に協力しているという事も秘密にしてもらいたいんだ。そして、非常に言い辛いのだが、君たちの存在についてもだ。私も、君たちの存在がニュースになっている事は知っている。しかし、国は、現時点では、君たちの存在を認めていない訳だ。そういう状況で、怪人たちの力を借りて研究しているという事が世間に知れれば、この研究自体が潰されてしまう可能性だってあるんだ。今後、君たちの扱いについて、事態が好転する可能性は無い訳では無いと思うんだ、ただ、現時点では秘密にしてほしい。今は何も出来ないが、どうか理解して欲しい」

予想外の返答に肩を落とす怪人たち。そこへケロ太が堪らず抑えていた言葉を口に出しました。

「あの！　話はわかりました！　でも！　僕！　お願いがあるんです！　僕！　人間の子供と同じ学校に行きたいんです！　それだけでも出来ないでしょうか？　見た目だって殆ど変わらないし！　それも無理ですか！」

驚く一同。しかし、所長が悲しそうな顔で答えました。

「ケロ太くん、すまない。そういったお願いも、今は聞くことはできない。ただ、繰り返しになるが、今後、事態が好転しないとも限らない、そういう可能性はあると思っている。それまでは、どうか、黙って我々の研究に協力してもらえないだろうか？　この通り、お願いする」

深々と頭を下げる所長たち。期待が失望に変わり、ケロ太は泣きそうな顔になりました。それを見たカエル人間が、ケロ太の肩に手を乗せて言いました。

「ケーロケロケロ（ケロ太、訳せ）」

それを聞いたケロ太は、泣きながら訳しました。

「わかりました。その条件で大丈夫です。我々怪人は、人間たちの研究に協力します！　う、うぅ…」

ケロ太は泣きながらも、何とかカエル人間の言葉を訳しました。所長は泣いているケロ太の肩に手を乗せ、頭を下げました。一同はうつむき、一言も言葉を発する事ができませんでした。

10 教職員研修

ケロ太が入りたがっていた学校の職員室で、あの時の若い女の先生（石神井ゆみ子先生と言います）が、何かの準備をしています。そこへ別の先生が話しかけました。

「石神井先生！ 3時から会議室で教職員研修！ 先に行ってるよ！」

「あ！ はい！ 私もすぐに行きます！」

石神井先生は明るく答えながら、研修に行く準備をしています。すると、職員室のテレビで流れていたワイドショーから、怪人の話題が聞こえてきました。

＊＊＊ 📺テレビ画面・ワイドショー

「はい！　次の話題はこちら！　『怪人目撃情報の真相！　市民反発の動き！』という事でございますが。えー、この番組でも何度か取り上げているこちらの話題ですが、一時期に比べて、目撃情報が減ってきたように思うんですが、どうなんでしょう？」

司会者の質問に、男のコメンテーターが答える。

「はい、確かにですね、私も、目撃情報の報告は減っては来ているように感じます。しかし、それがですね、本当に数が減っているのか？　それとも国民が慣れてきて報告が減ったのか？　そこは定かではない所です。ただ確実なのは、怪人の目撃情報は確かに存在する。しかし、国は存在を認めていない。という事ですね」

「いやー、しかし不気味ですねえ、一部では箝口令が出されているなんて話もありますけど。どうですか○○さん」

司会者が女のコメンテーターに話を振る。

「はい、私、前回、子供が心配って言ったでしょ？　そうしたら賛同される方がいっぱい出てきちゃって。見てください、『怪人の魔の手から子供たちを守ろう！』なんて市民運動が起き始めたんです！」

画面に市民運動の映像が映し出され、司会が驚く。

「えー！　今こんなんなってんの？　いやーまあ、子を思う親の気持ちって事なんでしょうけど。ただ、まだ被害の報告というのは無いんですよね？」

司会が男のコメンテーターに尋ねる。

「はい。まだそういった報告はありません。個人的な見解ですが、怪人たちは争いを望んでいる訳ではないのではないか、と私は感じています。ただ、こういった運動でいたずらに刺激しますと、どうなるのか？　その辺は心配をしております」

それを聞いた司会が女コメンテーターを茶化す。

「ほら、〇〇さん。いたずらに刺激してはあきまへんねんて。ホンマ、石とか投げたらあきまへんで」

「ちょっと！　またその変なイメージ！　やめてくださいよ！　私はか弱いんですから。おほほ。ただ子供を守りましょう！　って事ですよ！　おほほ」

苦笑いするコメンテーター男。そして司会が締める。

「ははは。まあ冗談は置いときまして、こういった運動も起き始めておりますが、被害はまだないという事ですので、まあとにかく、いたずらに刺激はしないという事でお願いしたいと思います！　石は投げたらあきまへん！」

「ちょっとー！」

「あはは」

＊＊＊

テレビを見ていた石神井先生は、怪人の話題が心に引っ掛かりましたが、研修へ急ぎました。

研修が始まりました。講師が講義を行っています。

「はい、それでは研修を始めさせて頂きます。今日のテーマは『外国籍、及び、無国籍の子供に対する就学機会の提供』でございます」

石神井先生は、そのテーマにハッとし、資料を眺め、真剣に話を聞き始めました。

「みなさん御存知の通り、日本国憲法には、『教育』というものが規定されております。日本国民は等しく、『教育を受ける権利』と『教育を受けさせる義務』を有している、と書かれております。大変素晴らしい、世界に誇れる条文であると思います。しかし、条文にもある通り、これは『日本国民』に保障された権利でありまして、では、『外国籍』の子供が居た場合どうなるのか？　という問題がございますね」

熱心に聞く石神井先生。講師が続ける。

「こちらは、憲法では明記されておりませんが、人道上、外国籍の子供にも就学の機会を与えようという事で、受け入れを行っている。というのが現状でございます。ただ、受入状況には地域差がございまして、当たり前のように、多国籍の子供を受け入れている学校もあれば、こちらのように、一人も居ないという学校もあります。そうしますと、言葉の問題もありまして、周知が上手く行かない、制度を知らず、学校に行かずに大きくなってしまう子供も出てきてしまう、という問題がありますね。これは非常に不幸な事でありますので、教職員の皆様に置かれましては、つねにアンテナを張っててですね、地域にそういう子が居ないか、気にかけて頂きたいと思います」

深くうなずく石神井先生。講師が続ける。

「さて次に、こちらは非常に特殊なケースなんですが、無戸籍の子供に対する教育です」

石神井先生の表情が真剣になる。講師が続ける。

「先日、あるドキュメンタリー番組を見ました。30歳になるのに学校に行った事がなく、字もひらがな、カタカナしか書けない、そういう子が居るという事でしたが、原因は、無戸籍にあったという事ですね。この世に生は受けたものの、父親からのDVなど、何らかの理由で、出生を隠さなければならなかったとか、出生届を出さなかった、という方がいらっしゃるんですね。そうしますと、国としても存在を把握しておりませんから、教育、福祉、そういった行政サービスが全く届かない、行政サービスを受けられずに大きくなってしまう。そういう問題がある訳ですね」

何かを思い出し、心が痛むような素振りを見せる石神井先生。講師が続ける。

「こちらは非常に稀なケースではありますが、こういう子たちにも教育を受けさせようという機運が高まっておりまして、現在、対応が始まっている所であります。問題がなければ、戸籍を取得させてあげてから、正規のルートで就学してもらう、というケースもあれば、先程申しました通り、ＤＶ等の問題もありますので、周りに知られないように就学させる、そういうケースもあります。とにかく、ケースバイケースではありますが、無戸籍の子供にも就学の門戸は開かれている、という事でありますので、こちらも、地域にそういう子が居ないか、アンテナを張って、気にかけて頂きたいと思います」

石神井先生は、メモを取りながら、最後まで真剣に話を聞いていました。

※読者の諸君へ。みんなに『戸籍』について簡単に説明しよう。戸籍というのは、ある人が、いつどこで生まれた人なのか、お父さんやお母さんは誰なのか、そういった情報が記された紙で、今はデータにして、国が管理しているんだ。簡単に言い換えれば、日本国民である事の証明書のようなものだね。戸籍があるから、みんなは学校に行ったり、病院に行ったり出来るんだ。でも中には、戸籍がない人

も居て、そうなると色々と問題が起こる。という話でした。ケロ太はどうなのかな？　さあ次に進みましょう。作者より。

こうして研修は終わりました。

『全ての子供に教育を受けさせましょう』

という内容の講習でした。石神井先生は、資料をしまいながら、ケロ太の事を思い出していました。自分は酷い事をしたのではないかと悩んでいたのです。実はあの後、石神井先生は、教頭先生に相談したのです。しかしこんな具合でした。

＊＊＊教頭室

教頭にケロ太の一件を報告する石神井先生。

「何？　怪人の親子が来た？　ニュースでやってるあれか？　やめてくれよ、学校にそんなゴタゴタを持ち込むのは。怪人の子供なんて受け入れられる訳ないだろう」

「はい…」

「とにかく、その一件は見なかった事にしといてくれ。また現れたらすぐに警察に通報。学校は関係ない。そういう方向で行くから、わかったね？」

「はい…」

うつむく石神井先生。

＊＊＊

こんな事があり、ケロ太に悪い事をしたと思いつつも、誰にも相談できずに居たのです。しかし、今日の講習を聞いて、やっぱりケロ太くんの事を考えてあげなければいけないのではないか？　そう思うようになり始めたのです。

そんな悩みを抱えながら、石神井先生が廊下を歩いていた時です。窓からふと校庭を眺めると、いつものように子供たちが遊んでいましたが、そこへ、校門からやや雰囲気の違う子が入って来たのが見えたのです。そうです。それはケロ太でした。その姿に驚きつつも、石神井先生は様子を見守りました。ケロ太は子供たちの仲間に入ろうしているようでした。しかし、何かおかしな雰囲気になっています。子供たちは、ケロ太を取り囲み、何か言葉を浴びせています。次の瞬間、ガキ大将らしき少年が、ケロ太にボールをぶつけたのです！ すると他の子たちも次々にケロ太にボールをぶつけ始めました！ ケロ太は困惑しています。尻尾を引っ張る子まで現れました。

「あっ！」

これはイジメだ！ そう判断した石神井先生は、急いで現場へ向かいました。

11 イジメっ子

石神井先生は、急いでイジメの現場に駆けつけました。しかし、そこにはもう、ケロ太の姿はありませんでした。先生は真剣な表情で子供たちに訪ねました。

「あなたたち！ いま何してたの！」

バツの悪そうな子供たち。ガキ大将が答えます。

「怪人の子供が入ってきてさ、俺たちの遊びを邪魔しようとしたんだよ」

この子は嘘をついている。そう思った石神井先生は他の子にも尋ねました。

「本当なの？ あなたはどういう風に思ったの？」

バツが悪そうに、真面目そうな子が答えました。

「あの子は邪魔はしなかったと思います。ただ、みんなでボールをぶつける感じになっちゃって…」

その言葉を聞いた石神井先生が怒りました。

「君たち！ そういう事をしちゃダメだっていつも教えてるでしょ！ 何で仲良く出来ないの！」

バツの悪そうな子供たちでしたが、ガキ大将は反発して本音を言いました。

「だってあいつ！ 怪人の子供だろ！ 尻尾があったもん！ いまニュースでやってるじゃん！ 人間を襲うかもしれないって！ 親からも近づくなって言われてるんだ！ だから学校に入ってくるなって言ってやったんだ！ 何が悪いんですか！」

ガキ大将がそう言うと、先生は言葉に詰まりました。

「そ、それは…」

石神井先生は、自分がケロ太にした事を思い出しました。そうするともう、何も言えなくなってしまい、先生はうつむいてしまいました。

「ちぇ！　もう行こうぜ！」

ガキ大将はそう言い、仲間を連れて去って行きました。石神井先生がガキ大将たちの方へ視線を上げると、ガキ大将が振り返って言いました。

「俺たちは悪くないもん！」

石神井先生は再びうつむいてしまいました。そしてケロ太が去ったであろう校門の方へ目を向け、ぼんやりと遠く眺めていました。

12 怪人大会議

カエル人間が、また目立たぬような衣服を着て、集会場へ向かい、急ぎ足で歩いています。途中、怪人に対する反対運動を目にしました。

『怪人の魔の手、ついに学校へ？　子供たち、涙の証言！』と書かれた雑誌広告。

『怪人の魔の手から子供たちを守ろう！』といった垂れ幕を持った人たち。

『怪人問題の真相究明！　早期解決！』をスローガンに街頭演説する政治家候補。

それらを横目にしながら、カエル人間は隠れるように、急ぎ足で集会場へ向かいました。

カエル人間が集会場に到着すると、怪人全員が揃い、怪人大会議が始まりました。

「さて、会議を始めよう。まず、人間たちの原子力災害に対する研究協力の件だが、こちらは上手く行っている。我々はご馳走を頂く事ができて、さらに、人間界で使えるお金も手に入れる事ができている。貯金もかなり出来た。いざ、何か必要な時には、これが役立つだろう。しかしだ」

「うーむ。これがキッカケで人間界に溶け込めるかと思いきや、この実験は機密事項だと。せっかく人間界の役に立ってるのに、俺たちゃ相変わらず日陰の存在だ。これじゃあ全然おもしろくねえ」

「ああ、それだけならまだ良いが、今度は反対運動が起きちまった。『怪人の魔の手から子供たちを守れ！』だと？　俺たちゃ子供なんか襲っちゃいねえ。それなのに何でこんな事言われなきゃならねえんだ！　俺はもう我慢の限界だぞ！」

それを聞いたリーダー格の怪人は、怒っている怪人をなだめ、今度はカエル人間に話を聞きました。

「まあ待て。カエル人間、お前の所はどうだ」

「ああ、実は…」

カエル人間は、この話を出すべきか迷いましたが、意を決して話し始めました。

「ケロ太が学校で、人間の子供たちに、いじめられたようなんだ」

「なに！」

般若のような怒りの形相を見せる怪人たちを前に、カエル人間が話し始めました。

＊＊＊　回想・カエル人間の家

学校でいじめられたケロ太が泣きながら帰ってくる。心配して声をかけるカエル人間夫婦。

「どうした？　ケロ太？　何があった？」

ケロ太は、父親には話したくないという素振りで、自分の部屋に閉じこもってしまった。

その様子をみたケロ子が、ここはまかせて、という素振りで、ケロ太の部屋に行く。

ケロ子は、ケロ太に優しく話しかけた。

「どうしたの？　ケロ太？　何かあったの？」

ケロ太はうつむいて何も話さない。

「お母さんはあなたの味方よ？　何でも話してちょうだい？」

ケロ太の表情が少し柔らかくなる。

「もしかして、人間の子供にいじめられたの？」

その言葉を聞くやいなや、ケロ太のこらえていた涙が溢れ出す。

「うわーん！　おかあさん！　僕はどうして人間の子じゃないの！　どうして怪人の子なの！　こんな尻尾いらないよ！　僕も普通の人間の子になって！　普通に学校に行って！　勉強して！　遊びたいだけなのに！　何で僕はできないの！　何でみんなは僕をいじめるの！　うわーん！」

泣きじゃくるケロ太。かける言葉が見つからず、ただケロ太を抱き寄せて頭を撫でるケロ子。

その様子を、部屋の入り口の所で見て、立ち尽くすカエル人間。

＊＊＊　回想終わり

「という訳なんだ」

カエル人間の話を聞いた怪人たちが憤りました。

「俺はもう許せねえぞ！　ケロ太にまで手を出しやがって！　もう共存なんか無理だ！　やっぱり人間たちをぶっ殺して！　世界征服するしかねえ！」

それを聞いたリーダー格の怪人が、怒る怪人をなだめました。

「まあまて、まて。まだ関係が壊れたわけじゃない。一方で上手く行っている関係もあるのだ。ここでぶち壊しにしてはならない。カエル人間だって抑えているのだ。ここは我慢しろ」

「う、うーん」

諭されておとなしくなる怪人。別の怪人が話しだします。

「しかしよう、今のままじゃ、ただ利用されて、日陰のままで、ケロ太もいじめられて、ひどい扱いだぜ。俺たち怪人には、人権ってものがねえのかよ？　元は人間だぞ、俺たちは？　俺たちにも、人権をよこせー！　なんつってな。ははは」

その怪人は、冗談交じりにそう言ったつもりでした。しかし、その言葉に一同がハッとしたのです。

※読者の諸君へ。『人権』という言葉を知っているかな？　簡単に説明すると、『人間が幸せに生きられる権利』といった所かな？　誰だって幸せになりたいよね？　誰にも邪魔されずに、平等に、幸せに、人間が生きられる。そんな権利である、『人権』について、怪人たちは話し合ってるんだ。果たして怪人に『人権』は認められるのかな？　続きを楽しみにして読んでくれたまえ。作者より。

「そうだ、俺たちは元は人間だ。そこを分かってもらえれば、共存できるんじゃないだろうか？」

素晴らしい気づきです。でも問題は山積です。

「うーん？ でも、分かってもらうって、どうするんだ？」

その問いに、カエル人間が誇り高く答えました。

「権利は、勝ち取るんだよ」

「勝ち取る？ じゃあやっぱり全面戦争だな？ 人間たちをぶち殺して…」

勘違いした怪人に、カエル人間が真意を答えました。

「いやそうじゃない。人間には人間のやり方があるんだ。殺し合いじゃない、平和的な物事の決め方。それが選挙だ。俺たち怪人の人権を認めてほしい。ケロ太も学校に行かせて欲しい。選挙でそう訴えるんだ」

それは一見、素晴らしい考えのように思えました。しかし、すぐに問題が露呈しました。

「うーん、選挙か？ しかしよう。俺たち怪人が選挙に出れるのか？ いくら元は人間だって主張したって、それは無理なんじゃねえか？　なあ？　無理だろ？」

ある怪人のその問いに、怪人たちが次々に答えます。

「無理だな」

「そいつは無理だよ」

「残念だが、その可能性は…」

「う、うーん」

素晴らしい解決方法だと思ったのですが、すぐに大きな壁にぶつかり、怪人たちは落胆しました。やはり人間との共存は無理なのでしょうか？　怪人たちはうつむき、言葉を失ってしまいました。しかし、その時です！　突然、光の柱が立ち上り、あの女神が現れたのです！

「怪人たちよ、久しぶりですね？　頑張っていますか？」

怪人たちは、突然の出来事に驚き、シドロモドロになってしまいました。

「えー！　あ！　め、女神様！　あ、あの、今、がんばってやってるんですがね、あの、あの」

その様子を見て、女神は笑顔でこう言いました。

「大丈夫です。みなまで言わずともわかっています。お前たち、選挙に出たいのでしょう？」

考えを見透かされた怪人たちは、驚いて答えました。

「え？　そ、それは、そうなんですが、そんなの無理ですよねえ？　やっぱり？　ねえ？」

そんな事は無理だ。そう思っていた怪人たちでしたが、女神は怪人たちの想像を超えた答えを返しました。

「大丈夫です。お前たちをこの世界に現実化した時、このような展開になる事も予想して、選挙に出れるようにしておきました！」

「ええー！」

　驚く怪人たち。女神が続けます。

「選挙に出るのに必要なのは、1に立候補届出書類、これは各自作ってね。2に供託金、これは研究協力でもらったお金があるから大丈夫ね。最後に、日本国民である証明の戸籍なんだけど、これは、あなたたちを現実化する時に作っておいたわ！」

「ええええー！」

　驚いて言葉を失う怪人たち。女神が続けます。

「みんな、改造される前の人間の時の名前を覚えているでしょう？　その事を伝えて、元は人間なので、立候補させてください！　といえば、出来るはずだから」

「えええー！　そ、そんなバカな！」

「バカとは何よ！　私は女神ですよ？　抜かりはありません！」

「は、はあ」

急な展開に、理解が追いつかない様子の怪人たち。そんな事を気にかける様子もなく、女神は最後に怪人たちを元気づけるように、声高らかにこう言いました！

「とにかく！　人間たちとの共存まであと一歩です！　怪人たちの人権をかけて戦うのです！　平和的に！　それではがんばりなさい！　選挙へゴー！」

そう言い終わると、女神は光の中に消え去りました。残された怪人たちは、つられてガッツポーズをしたまま呆然としていました。

※読者の諸君へ。この展開には、作者である私も、自分で書いていてビックリしてしまいました（笑）。女神様ってすごいですね。すごすぎます。みんなも驚いたと思いますが、そういう世界だと理解してください。それでは、先へ進みましょう。
作者より。

13 国会解散、総選挙

　ここは国会、衆議院です。選挙で選ばれた国会議員が、法律を作ったり、税金の使い道を決めたりする所です。ですが今、この衆議院が解散されようとしています。解散というのは、国会で何か問題があった時などに、一番偉い総理大臣が、全ての国会議員をクビにして、新しく選び直す事が出来る制度です。何があったのか、わかりませんが、とにかく今、衆議院が解散されようとしています。議長が解散詔書を読み上げています。

「ただいま、内閣総理大臣から、詔書が発せられた旨伝えられましたから、朗読いたします。日本国憲法第七条により、衆議院を解散する！」

「バンザーイ！　バンザーイ！」


解散が決まると、何故か、全ての国会議員がバンザイをします。クビになったのに喜ぶなんて不思議ですね。とにかくそういうしきたりなのです。総理大臣が深々とお辞儀をしています。とにかく今、衆議院が解散されたのです。


ワイドショーが国会解散のニュースを伝えています。

「いやー、このタイミングでの衆議院解散の一報が飛び込んで来ましたが、どうですか？」

「はい。やはりウィルス対策の遅れによる支持率の低下が一番の原因でしょう。そこで、野党の選挙準備が整う前に先手を打ったという事でしょう」

「なるほどねー。しかしそうなると、次も与党圧勝でしょうかねぇ？　となると、次の総理が気になる所ですが、どうですか○○さん？」

司会が女コメンテーターに振る。

「はい、私はね、やっぱりクリーンな候補が一番だと思うの。あと若くてね、カッコイイ人が良いわね。気持ち悪い人は嫌！」

「あんた！　どの顔が言うとんねん！」

「え！　ちょっと何ですか！　また私の事そうやって！」

また漫才のようになり、爆笑する一同。司会が締める。

「はい！　とにかく衆議院が解散されました！　これから総選挙に突入します！」

「ちょっとー！」

14 カエル人間家族会議

カエル人間の家で、家族会議が開かれています。カエル人間が、ケロ子とケロ太に語りかけます。

「ケロ子、ケロ太、色々あったが、この戦いで全てが決まる。我々怪人にも、人権があるのだという事を人間に認めさせ、共存出来る社会を作るのだ」

カエル人間の言葉を真剣に聞き、うなずくケロ子とケロ太。

「ケロ太、学校では辛い思いもあったかもしれないが、この戦いに勝って、必ず、お前が楽しく学校に行けるような社会を作るからな」

「うん！」

笑顔でうなずくケロ太。

「ケロ太、その為にはお前の力が必要だ。私の言葉を、しっかりと訳すんだぞ！」

その言葉を聞き、ケロ太の表情に勇ましさが加わりました。

「はい！ お父さん！ 人間たちに、僕たちの気持ちが分かってもらえるよう、僕がしっかり訳します！」

勇ましく成長したケロ太の姿に、嬉しくも涙ぐむケロ子。その姿を見て、そっとケロ子の手を握るカエル人間。見つめ合う二人。夫婦の愛情に、言葉は要らないのです。

最後にカエル人間が、声高らかに勝どきの声を上げました！

「よし！ いざ出陣だ！ 我々怪人の人権を勝ち取るぞ！」

「おー！」

カエル人間家族の会議が終わりました。家族の結束というものは、何よりも強いのです。頑張れ！　カエル人間！　ケロ子！　そしてケロ太！

15 立候補

衆議院総選挙公示日がやって来ました。立候補受付会場で、立候補届出書類が受理されれば、立候補できるのですが、本当に怪人が立候補出来るのでしょうか？ 不安を抱きながらも、カエル人間とケロ太は、会場にやって来て、立候補書類を差し出しました。担当者は困惑しながら応対しています。

「えーと、つまり、あなたは今、カエル人間だが、元は人間なので、立候補を認めて欲しい、という事ですね？」

うなずくカエル人間。ケロ太が元気に答えます。

「はい！ その通りです！ よろしくお願いします！」

「えー、今確認しますので、少々お待ちください」

職員は、困惑して、顔を引きつらせながら、事務室に確認しに行きました。

別室では、前代未聞の怪人の立候補届けに対して、どうすべきか話し合いをしています。

「いやあ、前代未聞だよこんなの。怪人が立候補だなんて。どうしたらいいんだ？」

「ああ、しかし、書類は全部そろっちゃってるんだよなあ。立候補届出書、宣誓書、供託金納付書、そして、戸籍謄本」

「そこだよ、戸籍謄本。見た目は怪人だけど、元は人間なんだって。そんな事、信じられるか？」

「うーん、しかし、口頭試問していくと、バッチリ戸籍通り。本人しか知らないような事を答えてくるんだよなあ」

「うーん、やっぱり本人なのかなあ。こりゃあ、俺たちじゃ判断つかないぜ。困ったなあ、全く」

狼狽する職員たち。そこへ別の職員が飛び込んで来ました。

「来ました！　総務省からの通達が来ました！」

「お！　どうなった」

「今、あちこちで同じような怪人たちの立候補届出が出されていて、総務省も頭を悩ませていたようなのですが、結論としては、立候補を認めるように、との通達です！」

「なにーー！」

「つまり、書類は整っている、供託金も支払った、後は本人確認という事ですが、総務省は怪我をした人の例を出されまして」

「は？」

「例えば、何らかの事故にあい、外見が全く変わってしまった人も居るかもしれません。しかし、それでもその人に変わりは無いわけです。同様に、悪の組織か何かに改造されて、外見が変わってしまっても、元の人である事に変わりはないだろうと」

「はあ」

「まあとにかく！　今後法整備されるかもしれませんが、そこは政治家の仕事で、現時点では、行政側としては認めざるを得ないだろう、との通達でした！」

聞いていた職員たちは、ため息をつき、顔を見合わせました。

「はあ」

職員が会場に戻ってくると、こう言いました。

「立候補届出書類を受理致します。ご検討をお祈り致します」

本当に受理されたと、目を見合わせて喜ぶカエル人間とケロ太。

「ありがとうございます！　あの！　もうポスターとか貼っていいんですか！」

「ご自由に、選挙活動して頂いて結構です」

「やったー！」

こうして、カエル人間の立候補は許可されました。カエル人間家族は喜んで選挙活動をしに飛び出して行きました。職員たちは疲れた様子でカエル人間家族を眺めていました。


さて、こんな様子が、東京だけでも、30箇所で起きていました。衆議院選挙の東京都の小選挙区は、全部で30区あります。つまり、東京だけでも、全部で30人もの怪人たちが立候補するのです。一体全体、どうなってしまうのでしょうか？　とにかく、前代未聞の、『怪人総選挙』が、今、始まったのです！

16 選挙戦

選挙戦が始まりました。街中では、ニュースレポーターが、選挙戦について報じています。

「さあ、公示日を迎えました総選挙。各陣営、第一声から熱い訴えを行っております！　掲示板にはこのように、早くも全ての陣営のポスターが張り出されており…」

レポーターが、ポスター掲示板の前で喋っていると、ケロ太がポスターを抱えて走って来ました！

「あ！　すみません！　僕たちも出てまーす！　清き一票を、よろしくお願いしまーす！」

ケロ太はそう言いながら、素早くポスターを貼り、次の掲示板へと駆けていきました。

残されたレポーターは呆然としていました。カメラが掲示板を映すと、人間の候補者の中に、一人だけカエル人間という異様な光景が映し出されていました。

所変わって学校です。石神井先生が、昼休み、職員室のテレビを見ていると、突然、選挙ポスターを貼るケロ太の姿が映ったのです。

「え？ ケロ太くん?! 選挙？ え？ ケロ太くんのお父さんが？ 立候補？ えー！」

石神井先生は、驚くとともに、居ても立ってもいられなくなり、外へ飛び出しました！

また所変わって街中。石神井先生は、さっきテレビに映った風景を見たことがあったのです。そこで、その近くへ走っていってみました。すると…、居ました！　ケロ太です！　ポスター貼りをしているケロ太を見つけた先生は、駆け寄りました。

「ケロ太くん！」

「あ！　あの時の先生！」

「ケロ太くん、この前はごめんね。先生、勉強不足だったわ。でもね、よく調べたら、ケロ太くんも学校に行けるかもしれないの。だから、もうちょっと時間がかかるかもしれないけど、待ってて？　ね？」

ケロ太は驚きました。でも今、ケロ太の頭の中は、選挙の事でいっぱいなので、こう答えました。

「本当ですか！　ありがとうございます！　あ！　でも！　僕のお父さんが当選しても、学校に行けるようになるかもしれないんです！　だから、先生！　協力してくれますか！」

「え？ うん！ 先生何でもするわ！ このポスターを貼れば良いのね？ 一緒にがんばりましょう！」

「はい！ よろしくお願いします！」

この時、石神井先生も気が動転していて、何だかわからない内に、ケロ太のポスター貼りを手伝う事になってしまいました。まあとにかく、頑張れ！ ケロ太！ 石神井先生！

※読者の諸君へ。ちなみに、本当は、先生などの公務員が選挙活動する事は禁止されています。後で怒られるんじゃないかなあ？ しーらないっと。作者より。

所変わって、また別の街中。ここでは、次期総理大臣確実と言われる、大泉純三郎候補が街頭演説をしていました。

「有権者の皆さん！　出しましょう！　この街から！　次の総理！　長年、皆様のお力で支えて頂きましたが、今回、ようやく総理の座が見えてきました！　この戦いに勝って！　やりましょう！　この街から！　ネクスト総理！　よろしくお願い致します！」

次期総理候補だけあって、すごい聴衆の数です。皆一斉に拍手をし、熱狂しています。しかしそこへ、突然、カエル人間がやって来て、演説を始めました。

「ケーロケロケロケロ！　ケロ！　ケロロロロ！」

突然のカエルの鳴き声に、皆驚いて、一斉にカエル人間たちの方へ目を向けました。

「ケロ！　ケロ！　ケロケロケロケロ！」

カエル人間の演説を、ケロ太が訳します。

「有権者の皆さん！ 僕たちは、怪人たちの人権をかけて戦っています！ 怪人だって元は人間です！ 普通に暮らしたいし、僕だって学校に行きたいのです！ 皆さんの清き一票を、よろしくお願いします！」

聴衆たちは、その異様な光景に、絶句してしまいました。しかし、次の瞬間、総理候補陣営のスタッフが、

「ここは俺たちの場所だ、邪魔をするな！」

と、ケロ太たちに因縁をつけ始めました。すると、総理候補の支持者たちもそれに同調し出し、結果、カエル人間陣営は押し出され、退散する羽目になってしまいました。総理陣営のスタッフは喜びました。しかし、大泉純三郎候補だけは、何か別の事を感じ取っているようでした。

17 政見放送

選挙といえば、テレビから流れる政見放送が重要な要素の一つです。ポスターや選挙公報だけではわからない、候補者の人柄や考えが良く分かる、大切な選挙情報伝達手段です。今、テレビでは、次期総理候補ナンバー1と言われている、大泉純三郎候補の政見放送が流れています。

「という訳で、ウィルス対策を、まずは一丁目一番地と定め、解決に取り組みます！ 同時に、収入が減った方への手厚い保障！ 国民お一人あたり10万円！ いや、20万円の給付をお約束致します！ 国民の生命と財産を守る！ がんばります！ 私、大泉純三郎への、清き一票をお願いいたします！」

大泉候補の熱意のこもった政見放送に、テレビを見ていた支援者たちは拍手喝采です。誰に投票するかまだ決めていない無党派と呼ばれる人たちも、大泉候補の演説に心を動かされたようです。さすが次期総理候補と呼ばれるだけありますね。

さて次に、カエル人間の政見放送が始まりました。カエル人間とケロ太が画面に映り、お辞儀をしました。テレビを見ている人は訳がわからず、ポカンとしています。急にバラエティ番組が始まったのかな？　そう思った人も居ました。しかし、そんな事は気にせず、カエル人間は演説を始めました。

「ケーロ！　ケロケロケロ！　ケロ！　ケーロー！」

怪人
ケロ太
ケロ吉

突然テレビから流れてきたカエルの鳴き声に、テレビを見ていた人たちは、みんなビックリ仰天。おじいさんはお茶を吹き出し、おばあさんの入れ歯は外れ、猫は驚いて飛び上がり、お茶の間は大惨事です。でも仕方ありません、カエル人間はカエルの言葉しか喋れないのです。それを息子のケロ太が訳します。

「国民の皆様。はじめまして、私は、怪人カエル人間です。私はこの度、怪人たちの人権を訴えるべく、立候補致しました。皆さんご存知の通り、怪人は、特撮ヒーローに出てくる空想の生物です。しかし、ある時、女神様の力により、現実世界に、本当に生を受けたのです」

テレビを見ている人たちは唖然としています。これはバラエティ番組ではないのか？　本当に政見放送なのか？　みんな、訳が分かりませんでした。しかし、それでもケロ太は続けました。

「女神様はこうおっしゃいました。特撮で怪人を殺め続ける人間に、考えを改めさせなければならないと。しかし一方で、我々怪人には、復讐や世界征服でなく、人間との共存を目指しなさいと。こうおっしゃいました」

テレビを見ている人たちは、段々と話を聞き始めました。これは本当の事なのかもしれない。ケロ太は続けます。

「しかし、そこからが、我々の苦難の道でした。見た目で怖がられ、言葉も通じず、コミュニケーションが取れない。するとやがて、怪人は子供を襲うのではないかという根も葉もない噂が流れ始め、我々は迫害されるようになったのです」

テレビを見ている人たちは、真剣に聞き始めました。あのニュースでやっていた怪人が今、本当に喋っているのです。ケロ太は続けます。

「みなさん、このケロ太を見てください。私の子です。怪人の子です。殆ど人間と変わらぬ容姿に生まれました。しかし、学校にも行けていないのです。ある時は、人間の子供にいじめられて帰ってきました。この子が一体何をしたというのでしょうか？」

ケロ太はいじめられた事を思い出し、泣きそうな顔になり、一筋の涙をこぼしました。やがて、カエル人間の言葉が、ケロ太の言葉に変わり始めました。

「みなさん、どうか信じてください。私たち怪人は、人間に対して危害を加える事は致しません。ただ、皆と一緒に仲良く暮らしたいだけです。一緒に働いたり、学校に行ったりしたいんです！　うわーん！」

ケロ太の感情が高ぶり、泣きながら演説する様相になってしまいました。そしてもはやカエル人間の演説は、ケロ太の心の叫びとなっていました。

「何で僕だけ学校に行けないんですか！　何にも悪い事してないのに！　誰にお願いしたら僕は学校に行けるんですか！　うわーん！」

ケロ太の魂の叫びを聞いて、テレビを見ていた人の中には、涙を流す人も現れました。石神井先生も泣いています。ケロ太をいじめた子供たちも、反省の色を見せ始めました。カエル人間は、ケロ太の肩に手をかけ、落ち着かせようとします。

（ケロ太、落ち着け。まだもう少し続きがあるんだ。がんばれ。出来るな？）

カエル人間のその言葉に、ケロ太は落ち着きを取り戻し、涙を拭いて、深呼吸し、演説を続けました。

「すみませんでした。私たち怪人は、人間の為に協力を惜しみません。今は詳しく言えませんが、皆さんが直面している問題に対して、協力も行っています」

原子力災害研究所の事です。研究所の所長も、研究員も、テレビを見ながら、ケ口太の就学に協力出来なかった事を心苦しく思いました。

「また、特撮の撮影現場で見た、セクハラやパワハラ、過重労働、偽装請負など、労働問題にも取り組んで行きたいと思っています」

テレビを見ていた宝映の監督とプロデューサーは、コーヒーを吹き出し、互いに目を見合わせました。怪人をやっつける番組ばかり作っていた事もそうですし、お金のために、スタッフを安く、長時間こき使っていた事も、本当は良くない事だったのです。2人も反省の色を見せ始めました。

「みなさん！ どうか信じてください！ 私たち怪人は、皆さんと共存したいのです！ その為には、如何なる努力も惜しみません！ どうか、私たちに人権を与えてください！ 清き一票を、よろしくお願いします！ うわーん！」

カエル人間とケロ太の政見放送は終わりました。テレビを見ていた人たちの反応は様々でした。半信半疑の人も居れば、感動して涙を流す人も大勢いました。その反応に危機感を覚えた大泉純三郎候補の秘書は、選挙管理委員会に急いで電話をかけました。カエル人間に票を奪われては大変なのです。

「もしもし！　今、怪人の政見放送たんだが！　合法なのかあれは！　子供が選挙活動してるのも違反じゃないのか！　なに！　選挙法には怪人の子供についての規定がない？　そういう話じゃなくて！　あーもう！　話にならん！」

秘書はイライラしながら電話を切り、頭を抱えました。そうなのです。公職選挙法では、普通、子供が選挙運動する事は禁止されているのですが、『怪人の子供』が政見放送で通訳をしてはならないという法律はなかったのです。大泉候補も、このままではカエル人間とケロ太に票を奪われるかもしれないと不安になりました。しかし同時に、カエル人間とケロ太のために何かしなければならないのではないか？とも思ったようです。

政見放送を終えたケロ太は、我慢していた涙がまた溢れて来てしまいました。スタジオの外で見守っていた母のケロ子が近寄ってきて、ケロ太を優しく抱きしめました。そうされた事で、ケロ太の涙はますます溢れてきてしまいました。それを見ていた父であるカエル人間も、ケロ太を優しく抱きしめました。3人で優しく抱きしめ合うカエル人間家族。それはとても美しく、温かい光に包まれているように見えました。

18 選挙の終わり

政見放送は終わりましたが、選挙はまだまだ続きます。衆議院選挙は12日間も続くのです。でも今回は、その事は詳しく書きません。読者の諸君の想像にお任せします。全国各地で立候補する怪人たち。カエル人間、カニ人間、イカ人間、カメ人間。イヌ人間やネコ人間、ゾウ人間やキリン人間、ゴリラ人間も居るかも知れません。そんな怪人たちが、人間の候補者と同じように、駅前に立って演説をしたり、チラシを配ったり、握手をしたり、選挙運動している姿を想像してみてください。想像するだけで楽しいでしょう？ さあ、そんな事を考えている間に、12日間の選挙が終わり、投票も終わりました。残すは開票作業、結果発表です！ さあ、どうなるでしょうか？

怪人党
ケロ吉
ケロ吉

19 開票結果

さあ、投票が締め切られ、後は開票結果の発表を待つのみです。怪人たちは、開票速報をテレビで見ようと集まっています。ケロ太がワクワクしながら話します。

「何票ぐらい入るかな？」

「うーん」

怪人たちは、選挙戦を通じて、手応えのなさを感じていました。やはり怪人が当選するなど無理なのではないかと。しかし、ケロ太だけはまだ期待しているようです。そこへ、開票速報番組が始まりました！

「あ！　はじまったよ！」

＊＊＊　テレビ画面

「さあ、投票が締め切られました。事前の調査や出口調査から導き出した選挙結果はこちらです！　与党圧勝です！」

＊＊＊

テレビが与党圧勝を伝えました。それでもケロ太は期待しています。

「あー。やっぱりダメかなあ。一人でも受かると良いんだけど」

「うーん」

怪人たちは、口数が少なくなってきました。

開票情勢が続々と発表されて行きました。そしてついに、東京地区の結果が発表され始めました。

「あ！　来たよ！　どうかな」

＊＊＊　テレビ画面

「続いて、各選挙区の状況です」

東京1区「○○　10万票　当確」「△△　8万票」「××　5万票」「カニ人間　52票」

東京2区「○○　12万票　当確」「△△　9万票」「××　3万票」「イカ人間　48票」

＊＊＊

「あーー！　全然ダメだーー！」

人間の候補者は、10万票、何万票という票を得ているのに対し、怪人たちにはたった2桁の得票しかありませんでした。怪人たちは、現実を突きつけられ、落ち込んでしまいました。それでもケロ太は諦めていません。お父さんのカエル人間の当選を信じて待ちました。

＊＊＊ テレビ画面

「次に、東京9区です」

＊＊＊

「あ！　お父さんの所だよ！　どうかな！」

ケロ太は期待に胸を膨らませながら、結果が映されるのを待ちました。

＊＊＊ テレビ画面

「大泉純三郎　20万票　当確」
「△△△　5万票」
「×××　2万票」
「カエル人間　95票」

＊＊＊

「あー！　お父さんもダメだー」

残酷な瞬間が訪れました。あれだけ頑張って、政見放送も、選挙運動もしたのに、カエル人間には、たったの95票しか入らなかったのです。ケロ太は涙をこぼしました。テレビでは当選者の大泉純三郎候補が、笑顔で勝利の弁を述べています。それを見ていると、ケロ太の目にはますます涙が溢れてきました。怪人たちは何も出来ず、言葉もなく、ただうつむいているだけでした。まるでお通夜のようです。ただ残酷に、怪人たちの惨敗の結果だけが告げられて行きました。ケロ太と関係のあった人たち、先生や、イジメっ子や、研究所の人たちも結果を見ていましたが、言葉もなく、複雑な表情を浮かべていました。やがて、すべての結果が発表され、怪人たち全員の落選が確定しました。やがて、重苦しい空気の中、怪人たちは話し始めました。


「完全に惨敗だな」

「ああ、惨敗だ。やっぱり選挙なんて無理だったんだ」

「これから俺たちは、どうしたら良いんだべ」

誰も答えが出せません。長い沈黙が流れます。そこへ、カエル人間が、空気を変えようと、冗談交じりにこう言いました。

「こうなったらもう、人里を離れて、山奥で暮らすしかないんじゃないか。ははは…」

冗談交じりに言ったつもりのカエル人間でしたが、自然と涙が溢れ出しました。

「はは、は…。う、うう、ううう…」

カエル人間の涙を見て、他の怪人たちも、ケロ子も、ケロ太も、堪えていたものが切れたように、みんなで泣き出してしまいました。

「う、ううう、うわーん、うわーん」

その夜、怪人たちは、皆で涙が枯れるぐらい大泣きしました。それはとても悲しい夜でした。

怪人党
人党

20 内閣発足

選挙で新しい国会議員が決まると、その中から、一番偉い総理大臣が選ばれます。そして予想通り、大泉純三郎議員が総理大臣に選ばれました。そして大泉総理は大臣たちを任命し、大泉内閣が発足しました。皆で燕尾服を着て記念撮影し、マスコミ向けのお披露目が終わると、非公開の閣僚会議が始まりました。

「それでは、大泉内閣の骨太の方針に従い、スピード感を持って、国政運営して参りたいと思います。国民の付託に答えるべく、頑張ってまいりましょう」

大泉総理の話が終わり、大臣たちに意見が無いか求めると、復興大臣が手を上げました。

「復興庁からでございますが、こういった報告がございました」

大臣たちに資料が配られました。そこにはこう書かれていました。

『怪人の持つ放射能無害化能力について』

それを見て驚く大臣たちを前に、復興大臣は説明を始めました。皆、驚きながらも、報告書を見てうなずいています。実は、ここまで事が運ぶのには、原子力災害研究所の所長たちの努力があったのです。研究は当初秘密でしたが、怪人たちが選挙に出た事で、怪人の存在は公になりました。そこで所長は何度も大臣の元を訪ね、研究を公式に認めて欲しいとお願いして来たのです。

復興大臣の話が終わると、次に文部科学大臣が手を上げ、話し始めました。配布資料にはこう書かれていました。

『外国籍・無戸籍児童等への教育機会提供の拡大について』

資料には、何と、ケロ太の写真が載っていました。大臣たちは驚きましたが、すぐに笑顔になりました。だってあんな政見放送をしたんですから、大臣たちもみんなケロ太の事は知っています。文部科学大臣が説明を始めました。皆、笑顔で聞いています。実は、この件についても、ここまで来るには、先生たちの努力があったのです。選挙の後、石神井先生は、教頭先生、校長先生に頭を下げてケロ太の事を説明し、その話が、教育委員会、国会議員、そして大臣へと伝わって行ったのです。

大臣たちは、笑ったり、難しい顔をしながら、話し合いを続けました。果たしてどうなるのでしょうか?

21 街を見下ろせる丘

ここは、ケロ太たちが住んでいた街を見下ろせる丘です。怪人たちは、山奥で隠れて暮らす事を決め、怪人バスで向かおうとしましたが、最後にこの丘からの眺めを見たくなったのです。

「あーあ。俺たちの戦いは、結局何だったんだろうな」

「女神様に言われて、人間たちと共存しようと頑張ったんだけどなあ」

「でも、人間の方が嫌だって言うんじゃ、しょうがねえよ」

怪人たちは愚痴を言っています。しかし結果は変わりません。ある怪人が、天に向かって叫びました。

「女神様ー！　これもあなたの計算通りなんですかー！　俺たちゃもう、諦めて行っちまいますよ！」

しかし、返事はありません。

「はあ」

ため息をつく怪人たち。ケロ太は複雑な表情で街を眺めています。色んな思い出が蘇って来ているのでしょう。そんなケロ太の肩に手を乗せ、カエル人間が話しかけました。

「ケロ太、今回の事はすまなかったな。せめてお前だけでも学校に行かせたかったんだが…」

その言葉を聞き、堪えていたケロ太の涙が溢れ出しました。

「う、う…」

それを見たカエル人間は、ケロ太に厳しく言いました。

「ケロ太、泣くな。お前の将来の事はちゃんと考える。今は我慢しろ。強くなるんだ」

ケロ太にそっと優しく寄り添うケロ子。ケロ太はまた涙が溢れそうになりましたが、歯を食いしばるように涙を堪え、強くなろうという表情を見せてうなずきました。

「うん！　強くなる！」

息子の成長に嬉しさを感じながら、カエル人間が出発の合図を出しました。

「よし、じゃあそろそろ行こうか！」

次々に怪人バスに乗り込む怪人たち。ケロ太は最後まで街を見ていましたが、ついに踵を返し、怪人バスに乗り込みました。

22 バス車内

怪人バスは、街を離れ、海沿いを走り、やがて山の中へと入って行きます。怪人たちが話をしています。

「みんな、もう落ち込むのはやめにしようぜ、どうせなら楽しく行こう」

「そうだな、遠足みたいなもんだよ、楽しもうぜ」

「じゃあ、歌でも歌うか？　サンハイ！」

「丘を超えゆこうよー♪　口笛吹きつーつー♪」

怪人たちは気分を盛り上げようと、歌を歌い始めました。歌っている間は盛り上がる車内。でも歌が終わると、また暗い雰囲気になってしまいました。

「はあ。やっぱりダメだな…。おい運転手！ ラジオでもつけて陽気な歌でもかけてくれよ」

その言葉を聞いて、運転手の怪人が、ラジオのスイッチを入れ、ザッピングし始めました。すると、様々な番組が流れる中、気になるセリフが聞こえました。

『それでは、怪人たちとの共存、怪人の人権について、質問いたします』

耳を疑う怪人たち。慌てて運転手に声をかけます。

「ん？ 何だ今の番組？ 怪人って言ってたな？ おい！ もう一回かけてくれ！」

運転手は慌ててチューニングを戻しました。すると、さっきの番組、国会中継が流れ始めました。

※読者の諸君へ。国会という所は、私たちの生活に関わる、『全ての事』について話し合える場所なんだ。『図書館にもっと本を増やしましょう』『学校の給食を無料にしましょう』という話がされたかと思えば、『UFOや宇宙人は本当に存在するのか？』なんて事まで本当に話し合える場所なんだ。だから今回は、『街に現れた怪人をどうするのか？』という事を話し合ってるんだね。最終的な判断をするのは総理大臣です。どういう結論になるのかな？　期待しましょう。作者より。

＊＊＊　**国会・予算委員会**

国会の予算委員会で、野党の新人議員、稲垣千尋議員が、大泉総理に質問している。

「それでは、怪人たちとの共存、怪人の人権について、質問いたします」

議員たちがザワつく。ヤジも飛ぶが、稲垣議員は質問を続ける。

「昨今、世間を賑わせております、怪人問題ですが、SNSでの報告例が相次ぎ、ワイドショーでも取り上げられ、その存在の真偽が、国民の注目の的となっておりました。しかし、政府は、怪人の存在を一切認めない。そういう姿勢を貫いて来た訳です。しかしながら、先の選挙におきまして、怪人たち本人が立候補するという事態が起こったわけです。これはもう、存在を認めない訳には行かないのでは無いでしょうか？　彼らの主張を聞くと、人間との共存を望んでいる訳です。容姿は変わってしまいましたが、彼らは元は人間だった訳です。彼らの人権を認めてあげるべきではないでしょうか？」

総理は目をつぶり、話を聞いている。続ける稲垣議員。

「また、怪人の子供とされる子も、人間とほぼ同じ容姿を持ちながら、学校に行けていない訳です。私もこの子供が現れたという学校に行き、先生方に話を聞いてきましたが、学校としても、就学させてやりたい、そういう考えでございました。この子についても、就学を認めてあげる事はできないでしょうか？ 怪人たちとの共存、怪人の人権について、総理の見解をお尋ねします」

ザワつく議員たちを委員長が制止する。そして総理が指名される。

＊＊＊

ラジオを聞いていた怪人たちは、信じられないという表情で話し出しました。

「おい！ 俺たちの人権についてだってよ？ いったい何て答えるんだろうな？」

「シーッ！ 静かに」

怪人たちはラジオの声に集中しました。

＊＊＊ **国会・予算委員会**

ザワつきが収まるまで待った大泉総理。そして静寂の中、話し始める。

「えー、お尋ねの、怪人たちとの共存、怪人の人権について、答弁いたします。議員のおっしゃる通り、これまで、政府は、国民の皆様から、怪人の目撃報告を受けながら、公にはその存在を認めておりませんでした。これは、その存在を隠す、無視する、そういった意図があった訳ではございません。政府として、混乱を抑え、きちんと情報収集してから発表すべきだ、そう考えていたからです。そして、その調査結果や、先の選挙戦での訴え等を踏まえ、政府としても方針を決定致しましたので、ここで発表させて頂きます。日本国政府は、怪人の存在を公に認めます。また、彼らが改造前は人間であった事を踏まえ、彼らに日本国民と変わらない人権が存在する事を認めます！」

驚きの声が上がる国会。

＊＊＊

驚く怪人たち。

「オオー！　聞いたかオイ！」

「スゲーな！　やったぞオイ！」

歓喜する怪人たち。

＊＊＊　**国会・予算委員会**

総理が続ける。

「当然、彼らが、我々人間と共存して行く中で、様々な障害が存在する事は承知しております。それに対し政府は、しっかりとサポートしていく事をお約束します」

驚きの声が上がる国会。

＊＊＊

喜びの声を上げる怪人たち。

「ウオー！　スゲーなオイ！」

「奇跡だぞコリャ！」

更に歓喜する怪人たち。

＊＊＊　**国会・予算委員会**

総理が続ける。

「そして、彼らのお子さんの件ですが、私も彼の政見放送を見まして、大変心を打たれました。ケロ太くん、だったかな？　彼が普通の子と同じように学校に行けるよう、政府としても、全面的にサポートしていきたいと考えております！」

驚きの声が上がる国会。笑顔の稲垣議員。

＊＊＊

思いがけない総理の言葉に、怪人たちは大喜びです。

「ウオー！ やったなケロ太！ お前！ 学校に行けるぞ！」

「うん！ やった！ みんなありがとう！」

「何言ってんだ！ お前の政見放送があったからだろ！」

「俺たちに人権がもらえたのも、お前のおかげだ！ ありがとうケロ太！ よくやった！」

怪人たちに持て囃され、ケロ太は照れながらも喜びました。と同時に、今まで苦しかった事も思い出し、泣き出してしまいました。

「ありがとうー！ うわーん！」

わんわん泣いて喜ぶケロ太に、カエル人間が声をかけます。

「やったなケロ太！ 学校に行ってしっかり勉強するんだぞ！」

「うん！ わかった！ うわーん！」

怪人の人権は
稲垣 議員
人権は認めます！
大泉総理

ケロ子も涙を流しながら、息子のケロ太に声をかけます。

「ケロ太、あなたこそ、私たちと人間との平和の架け橋よ！」

「うわーん！　おかあさーん！　ありがとうー！　うわーん！」

怪人たちは、喜んで、泣いて、また喜んで、泣いて、その騒ぎは中々収まりませんでした。運転手は、その姿をバックミラーで見ながら、ハンドルを元来た方向へ戻しました。こうして、怪人たちを乗せたバスは、街へと戻って行きました。

23 最終話

こうして、怪人たちは、街に戻りました。それから色んな事がありました。

まず、ケロ太が入りたがっていた小学校についてですが、大泉総理の約束通り、ケロ太の入学が許可されたのです。全校集会が開かれ、校長先生が、ケロ太に入学許可証を渡しました。ケロ太はぎこちなくお辞儀をして、照れながら入学許可証を受け取りました。その顔には喜びが隠せない様子です。授与式が終わると、校長先生は、何人かの子供たちを呼んで、壇上に上げました。ケロ太はその子たちを見て驚きました。あのイジメっ子たちです。ケロ太はまたイジメられるのではないかと不安になりましたが、校長先生が優しく言いました。

「ケロ太くん。君と、この子たちの間にあった事は聞いたよ。学校でも、イジメは良くないと教えているんだけどね、こんな事が起きて、すまなかった」

校長先生はそう言うと、ケロ太に対して深々と頭を下げました。ケロ太は、校長先生のような偉い人が頭を下げるなんて思わなかったので、驚きましたが、こう言いました。

「は、はい。僕は大丈夫です」

ケロ太の言葉を聞いた校長先生は、次にこう言いました。

「ありがとう。ケロ太くん。この子たちには、私の方から、きつく叱っておいたよ。そうしたらね、本人たちが謝りたいって言うんだよ。どうだろう、ケロ太くん。この子たちと仲直りしてくれないかな?」

校長の予想外の言葉に、ケロ太はまたぎこちなく返事をしました。

「は、はい。こちらこそ、よろしくお願いします」

ケロ太は緊張のあまり、自分からお願いする感じに答えてしまいましたが、それがキッカケで、雰囲気が柔らかくなりました。こうして、イジメっ子たちはケロ太に頭を下げて謝り、仲直りの印として、皆で握手したのです。その上に、校長先生が手を乗せ、ガッシリと握りました。みんな笑顔です。子供たちも、校長先生も、教頭先生も、石神井先生も。もう、この学校には、イジメも喧嘩もありません。こうして、ケロ太の素晴らしい学校生活が始まりました。

あ、ちなみに、石神井先生が、ケロ太の選挙を手伝った件については、怒られませんでした。教頭先生も、校長先生も、今回の一件について、自分たちの非を認めましたし、何より、怪人の子供の選挙を手伝ってはいけないという法律はありませんから。今回は、色んな事が、みんな初めてで、想定外だったのです。良しとしましょう。

さて次に、宝映の監督と、プロデューサーについてです。ケロ太や怪人たちの一件があって、やっぱり怪人たちを殺してばっかりいる番組は良くないのではないかと思った監督とプロデューサーは、新しい番組を作りました。その名も『愛の戦隊ラブレンジャー』という新番組です。前回、イエローだった子がリーダーになり、スカートのひらひらが付いていて、より女の子っぽくなりました。そして何と、男のレッドとブルーにまで、スカートのひらひらが付きました。そうです。世の中は今、ジェンダーフリーと言って、男も女も差別してはいけないのです。そしてさあ！　番組が始まりました！　何と、敵には、あのカエル人間が出てきました。そして、ラブレンジャーと戦っています。あれ？　また同じなのかな？　また殺されて大爆発するのかな？　いいえ、違います。今回のラブレンジャーの必殺技はラブビームなのです。

ラブレンジャーがラブビームを発射すると、カエル人間に命中しました。すると今回は爆発しません。ラブビームの愛の力によって、悪いカエル人間は、良いカエル人間になったのです！　こうして、ラブレンジャーとカエル人間は友達になり、手をつないで去って行きました。なんて素敵な終わり方なんでしょう。きっとこの番組を見て育った子供は、優しい子供に育ちますね。めでたし、めでたし。

あ、そうそう。問題となっていた、宝映の労働問題も、全て解決されました。社長と監督とプロデューサーは、ボーナスをちゃんとスタッフにも分配するようにし、休みも十分に与えるようにしたのです。もう、宝映には、セクハラも、パワハラも、過重労働も、偽装請負もありません。素晴らしい会社に生まれ変わった宝映は、これからも子供たちのために、素晴らしい作品を作っていくでしょう。期待していますよ。

ちなみに、ラブレンジャーにカエル人間が登場した翌日、ケロ太は学校で人気者になりました。だってお父さんが、みんなの大好きな戦隊ヒーローに出て仲間になったんですもの。でも調子に乗ってはいけませんよ。謙虚に。みんなと仲良くするんですよ。

最後に、原発問題についてです。国会の後、大泉総理は、すぐに福島原発の近くにある、原子力災害研究所に行きました。所長や研究員が出迎える中、奥へ進むと、怪人たちが居ました。大泉総理は、怪人たちと、ガッシリと握手しました。この瞬間、本当に、人間と、怪人の共存が実現した。そんな感じがしました。怪人の細胞に含まれている、放射能除去の秘密は、もうすぐ解明されそうです。いつか、いつの日か、福島原発事故の問題が解決する日がやって来る。そう信じています。

最後に、ここは、宝映の屋上です。宝映神社のある場所です。女神は笑顔で、大泉学園の街を見下ろしています。街では、人間と怪人が楽しそうに共存し、笑い声が聞こえてきます。ワイドショーでは、人間と怪人の共存の話題を伝えています。女神は、人間と怪人が共存するなんて、本当に夢のようだと思いました。そうやってしばらく女神は、人間と怪人が共存する、笑い声の絶えない、平和な街の様子を、笑顔で眺めていました。

しかし、しばらくすると、ふいに、女神の表情が、寂しそうに変わりました。女神は、隣のやや下の方に顔を向けました。するとそこには何と、ケロ太が居ました。女神はケロ太に優しく話しかけました。

「ケロ太。思い残す事はありませんか？」

女神の問いに、ケロ太が答えます。

「はい。学校にも行けたし。友達も出来たし。僕はそれで…それで…」

満足です。そう言おうとしたケロ太でしたが、その言葉が出てきません。その言葉を言ってしまったらどうなるか、感じ取っていたからです。そんなケロ太の肩に、後ろから手を伸ばす影がありました。カエル人間です。カエル人間は、ケロ太の肩に手を乗せ、こう言いました。

「人間たちは、俺たちの事を理解してくれたんだ。それで十分じゃないか。なあみんな！」

カエル人間がそう言って振り向くと、後ろに居た大勢の怪人たちが駆け寄ってきました。

「おお！　おお！　そうだ！　そうだ！　それで十分満足だ！　なあみんな！」

怪人たちは、ケロ太の未練を感じ取っていました。自分たちだってそうです。でも、それを言ってはいけない事を理解していました。ケロ太にもそれをわかってほしい。そう思っていました。やがてケロ太は、全て理解したように、目を閉じてゆっくりとうなずき、そして女神に笑顔を返しました。その笑顔を見て、ケロ太の気持ちを感じ取った女神は、ケロ太に慈愛に満ちた眼差しを向けてこう言いました。

「それでは、元の世界に帰りましょう」

女神がそう言って手をかざすと、怪人たちの体が光に包まれ、姿が薄らぎ始めました。消えゆく自分の手や体を見たケロ太は、最後に何か言わなければと、声を振り絞って叫びました。

「ありがとう！　人間の皆さん！　僕たちの事をわかってくれて！　僕は嬉しかったです！　ありがとう！」

その言葉につられて、怪人たちも口々に最後の言葉を発しました。

「ありがとう！　人間の皆さん！　俺たちを理解してくれて！　そして俺たちを生んでくれて！　ありがとう！」

泣きながら、力のかぎり叫ぶケロ太、そして怪人たち。
「ありがとう！　さようなら！」
最後の叫びと共に、怪人たちの姿は完全に消え去りました。それを見届けた女神がゆっくりと目を閉じると、女神の姿も薄らぎ始めました。やがてその姿は光の柱に変わり、宝映神社へと吸い込まれて行きました。

光が収まると、神社の側には、今まで存在しなかった、カエルの形をした不思議な岩が出現しており、人々はそれを「怪人供養塔」として大切に祀ったという事です。

〈おわり〉

あとがき

皆さんこんにちは。作者の「きみはらなりすけ」です。この度は本作を最後まで読んで頂きありがとうございました。特撮ヒーロー、怪人、家族、選挙、その他にも色んなテーマを含んだ作品でしたが、どのような感想を持たれたでしょうか？　もし良かったら、ＳＮＳやお手紙などで感想をお寄せ頂けますと幸いです。今後の励みになります。

さてここでは、制作秘話について話そうと思います。「特撮ヒーローの怪人が人権を訴えて選挙に出る」こんな突拍子もないお話がどうして生まれたのでしょうか？
最初の着想は、私の実体験に基づきます。２０２2年の初頭の事ですが、私は映像制作の仕事に関わる事になり、練馬区大泉学園にある、東映東京撮影所に通うことになったのです。東映と言えば特撮ヒーローですね。私は世代的には、「宇宙刑事ギャバン」や「電子戦隊デンジマン」を見ていた記憶があります。私が関わった作品は東映の特撮ヒーローではありませんでしたが、やっぱり子供の頃の気持ちが蘇ってきて、撮影所の仕事の全てが楽しく感じました。そして、撮影前の準備期間が終わり、いよいよ明日から撮影開始という時に、撮影成功祈願式に参加する事になったのですが、これも私にとっては全てが新しく楽しく感じました。「へー！　撮影所のビルの屋上に神社があるんだ！」「あ！　神主さんが祝詞を唱え始めた！」といった感じでテンションが上がってしまい、みんな神妙な面持ちで神事を進めている中、私だけ一番後ろの列でニコニコしながら神事を楽しんでいました。その時です。パッと一つの疑問が浮かびました。「今まで倒されてきた怪人たちは恨みはないのだろうか？」という疑問です。そんな事を考え始めたら次の瞬間には、神社の社殿から、今までに倒された怪人たちが一気に大勢飛び出してくるイメージが浮かんでしまいまして、「これは凄いアイデアだ！　いつか作品にしよう！」と思った次第です。その後、私が関わった作品の仕事が終わり、時間が出来たことから、何か脚本の賞に応募しようと思い、探し始めた所、「テレビ朝日新人シナリオ大賞」が賞金も高額で良いのではないかと思ったのです。それでその時の募集テーマが「家族」でして、色んなパターンを考えたのですが、どうにもありがちな話しか思い浮かびませんでした。しかし、その時、またパッと閃いたのです。「そうだ、東映の神社から出てきた怪人の話と、家族の話を合わせたら面白いのではないだろうか？」と。そうしたら一気に話の構想が膨らみだして、形が出来上がって行ったという経緯になります。私は以前、故郷の福島県須賀川市で市議会議員をしていた事があり、その経験を元に「ニート選挙」という自伝的映画を撮ったこともあるのですが、そんな要素も入れてみたら、ついに「特撮ヒーローの怪人が人権を訴えて選挙に出る」という、一見突拍子もない、でもそうでありながら大切なテーマを含んだ作品の核が出来上がった訳です。加えて、今回の家族の設定、「ケロ太だけが怪人の言葉を理解し、人間の言葉を話せる」という設定についてですが、これも私の経験から着想を得ています。以前、就労支援事業所という所の仕事のお手伝いをした事があるのですが、その時、耳の不自由なご夫婦がおられまして、時折、子供を連れてきていたのですが、その子は耳が聞こえる子だったのです。すると、家族の間では、手話で意思疎通しているのですが、それ以外の人と話す時には、その子が通訳の役割をしていたのです。その時に私はすごく心が暖かくなる感じがしまして、この話もいつか作品にしたいなと温めていたのです。それが今回のケロ太の設定に生かされたという訳ですね。ちなみにカエル人間がメインの怪人になった理由は、本当に思いつきだったのですが、今思えば石神井公園のカエルだったのかな？　なんて思うようになりました。石神井公園のカエルに着想を得た物語は色々ありますので調べてみて下さいね。その他にも、私の故郷の福島県、原発事故の話も入れさせて頂きましたし、特撮‼『ゴジラ‼

放射能というイメージがありますが、同じ特撮の怪人がその問題解決の鍵になるという、私なりの特撮に対するアンサーも入れさせて頂きました。同じ福島県須賀川市出身で、ゴジラやウルトラマンの生みの親、特撮の神様と言われる円谷英二さんがこの事を知ったらどう思うかな？　そんな事も考えつつ、敬意も込めて、「空想特撮小説」というサブタイトルも入れさせて頂きました。（当然、石ノ森章太郎さんや上原正三さんなど、多くの特撮業界の偉大な方々への敬意を払いつつ、『特撮』の総称として用いた言葉ですのでご理解願います）そのような経緯でして、物語の着想は小さな出来事だったのですが、出来上がってみれば、現時点での私の人生の集大成のような作品になったのではないかと思っています。さて、そんな自負を持った作品でしたが、テレビ朝日の賞には落選。しかし、作品の中のキャラクターたちがどうしても世に出たいと訴えかけて来る気がしたので、今度は児童小説に書き換えて、「講談社青い鳥文庫小説賞」という賞に応募してみたのですが、こちらも残念ながら落選。その後、色んな出版社さんに持ち込みをしてみたところ、つむぎ書房さんに拾って頂き、出版に漕ぎ着ける事ができました。本当に感謝しております。また今回、素敵なイラストを担当して頂いた「白獣ＭＵＧＥＮ」さんにも感謝を申し上げます。本当にケロ太や怪人たちに命を吹き込んで頂いたなあと思っております。イラスト完成後にお話を伺った所、実は同時期、ご家族に不幸がありながらも本作の仕事を優先して頂いたという事でしたので、メッセージを掲載させて頂きたいと思います。

猫が好きな優しい父と家族へ『賛成してくれた事と色々助けてくれてありがとう』
白獣ＭＵＧＥＮ

イラストからもそうですが、文面からも優しさが伝わって来ますね。

以上、簡単ですが、制作秘話でした。最後になりますが、私の願いは、本作が一人でも多くの方に届くことですので、もし本作を読んで、面白かった、感動した、そう思われましたら、お友達に紹介して広めて頂けますと幸いです。そうすれば、私も次の作品を書く機会が得られて、またお会いする事ができるかもしれません。それでは皆さん、その時まで。いつかまたお会いしましょう。さようなら。

きみはらなりすけ

きみはら なりすけ（本名：鈴木公成）
福島県須賀川市出身。
幼い頃に見たアニメや特撮ヒーローの影響からか正義感が強く、成人後は政治家を志し市議会議員を一期務める。その後、東日本大震災を経験して人生観が変わり、人々の心に残る美しいものを作りたいという考えに至り、自伝的選挙啓発映画「ニート選挙」を製作。その後、本格的に映像の仕事をしようと上京。撮影所での経験から着想を得て本作を執筆し、児童文学作家デビュー。映像化も目指している。

～空想特撮小説～　怪人家族の総選挙
2023年4月21日　第1刷発行

著　者――きみはらなりすけ
発　行――つむぎ書房
〒103-0023　東京都中央区日本橋本町2-3-15
https://tsumugi-shobo.com/
電話／03-6281-9874
発　売――星雲社（共同出版社・流通責任出版社）
〒112-0005　東京都文京区水道1-3-30
電話／03-3868-3275

ISBN 978-4-434-31971-6